寻 梦

刘佳奕　党晨阳　汪储源　宋和煦
赵登怡　文 扬　慧 超　马知行　/等著

中央编译出版社
Central Compilation & Translation Press

图书在版编目（CIP）数据

寻梦 / 刘佳奕等著．
—北京：中央编译出版社，2015.3
（校园文摘系列丛书 / 万亿主编）
ISBN 978-7-5117-2353-6

Ⅰ．①寻… Ⅱ．①刘… Ⅲ．①作文–中学–选集
Ⅳ．① H194.5

中国版本图书馆 CIP 数据核字（2014）第 234047 号

寻　梦

出 版 人	刘明清
出版统筹	董　巍
责任编辑	邓永标
责任印制	尹　珺
出版发行	中央编译出版社
地　　址	北京市西城区车公庄大街乙 5 号鸿儒大厦 B 座（100044）
电　　话	（010）52612345（总编室）　　（010）52612371（编辑室）
	（010）52612316（发行部）　　（010）52612317（网络销售）
	（010）52612346（馆配部）　　（010）55626985（读者服务部）
传　　真	（010）66515838
经　　销	全国新华书店
印　　刷	北京威远印刷有限公司
开　　本	710 毫米 × 1000 毫米　1/16
字　　数	206 千字
印　　张	14
版　　次	2015 年 3 月第 1 版第 1 次印刷
定　　价	29.00 元
网　　址	www.cctphome.com　　　　邮　箱　cctp@cctphome.com
新浪微博	@ 中央编译出版社　　　　微　信　中央编译出版社（ID：cctphome）
淘宝店铺	中央编译出版社直销店（http：// shop108367160.taobao.com）（010）52612349

本社常年法律顾问：北京市吴栾赵阎律师事务所律师　　闫军　　梁勤
凡有印装质量问题，本社负责调换。电话：（010）55626985

▶ 繁星梦

童年的时光机（文/党晨阳）	002
拔河比赛（文/冒文英）	006
蜕变（文/马知行）	008
好人就在你我身边（文/刘翠宇）	013
炒菜记（文/刘翠宇）	015
如同风和云的青春（文/流马）	017
最少年（组诗）（文/唐宇隹）	020
旱地鸳鸯（文/荆卓然）	024
暑期：寂寞的校园（文/荆卓然）	025
我和老师单挑（文/刘勇）	026
怀念习武的日子（文/刘勇）	029
美妙的校园之声（文/汪文钰）	032

▶ 青春驿站

| 梦想的力量（摘编/王必清） | 036 |
| 超人的转弯（摘编/慧超） | 038 |

良知是最高的准则（摘编/良门）......040

价值20美金的时间（摘编/陆芳）......041

帮助别人就是帮助自己（摘编/华微）......043

有一种修身叫慎独（摘编/陈文广）......045

烧开一壶水的智慧（摘编/徐进）......047

诚信的力量（摘编/张润）......049

天下没有免费的午餐（摘编/付爽）......051

尊重是一种品质（摘编/洁洁）......053

微笑是最好的名片（摘编/阮文盛）......055

与人和睦相处的秘诀（摘编/方方）......057

成功并不像你想象的那么难（摘编/金胜政）......059

说话的艺术（摘编/李渡）......061

像有钱人一样思考（摘编/夏家龙）......063

打破固有的思维定式（摘编/毛窝）......065

感谢你的对手（摘编/李畈）......068

机遇只青睐有准备的人（摘编/王杰）......070

要什么样的人生全看你自己（摘编/闫力）......072

对小事的态度决定你能否成功（摘编/小颖）......074

人生需要适当的冒险精神（摘编/张保）......076

善于听取别人的建议（摘编/张冉）......079

能屈能伸大丈夫（摘编/燕子）......081

▶ 亲情树

北方的夜（文/王淑荣）......086

我为爸爸洗脚（文/米贵妃）......089

让生命幻彩世界（文/张兴泰）......091

回家（文/唐宇佳）……094
我有两个母亲（文/陈丽丽）……095
一个平凡而不平庸的姐姐（文/赵登怡）……096
志强（文/刘勇）……098

▶ 鬼马狂想曲

白瓷马（文/姚禹同）……102
变身记（文/彭杰明）……104
童话镇（文/陈梓婕）……106
我的房子离家出走了（文/陈禹希）……110
时间大盗（文/陈禹希）……114
500年后的太空动物园（文/凌于婷）……122
天使驿站（文/姚禹同）……124

▶ 自然物语

双胞胎小白兔（文/汪储源）……128
漂行遇龙河（文/廖雨麒）……130
回去吧，小燕子（文/陈雨婷）……132
春天真美（文/张小兰）……133
快乐采摘（文/刘祥杰）……134
琴棋书画诗酒花茶（摘编/韵文）……136
大树哲学（摘编/鲁树）……139
毋忘草（文/梁遇春）……141
梦中花雨（文/徐蔚南）……144
夏虫之什（节选）（文/缪崇群）……146
雪（文/鲁彦）……154

雪花，你为什么不回家？（文/陈文浩）……158
春韵（文/姚禹同）……159
一片冰心一壶茶（文/尹宗国）……160

▶ 家乡素描

胡同（文/朱湘）……164
福州小吃（文/唐宇佳）……167
鞭鞭生风螺陀转（文/向善华）……168

▶ 读书沙龙

大宇宙中谈博爱（文/胡适）……172
明耻（文/杜重远）……174
"今"（文/李大钊）……176
买书（文/朱自清）……180
巴黎的书摊（文/戴望舒）……183
《春秋》的故事（摘编/陈正）……189
刘勰与《文心雕龙》（摘编/方正之）……195
改写《舟过安仁》（文/曾元奚）……199
走进文学（文/瞿阳）……200
莎士比亚的童年故事（摘编/陈露）……202
莫泊桑拜师的故事（摘编/贝贝）……204
爱，其实并不遥远——读《文明少年·美丽地球》有感（文/刘佳奕）……206
陆树铭与《一壶老酒》（文/匡金火）……208
聪明过人的阿凡提——读《阿凡提的故事》有感（文/肖楚涵）……211

繁星梦

童年的时光机

文 / 党晨阳

1

我不止一次地站在书柜前，对着那张微微泛旧的小学毕业照凝视许久，阳光透过树叶间的缝隙向地面投射出斑驳的光影，教学楼前一张张笑靥如花的脸庞定格在了毕业的流年。翻转过相片，一个个陌生得叫不出的名字跳跃指尖，而我，竟在不经意间念出了他的名字……

那是个秋叶翻飞的开学季，我和他因为身高的缘故被分在第一排第一桌做同桌。我刚将书包塞进书桌，他就变戏法似的拿出了一截粉笔，把桌子切割成了很不均匀的两部分，当然，多的一半归他自己。他蛮横地说他可以无条件僭越并可以无限量使用我的东西，但我却永远不能越过那条不规则的白线。最初我与他的战火，就是从这条线燃起的。

2

就这样，我不仅要躲在桌子的小小角落，整日备受欺凌地坐得端端正正听讲，还要随时提防他的突然袭击。无语凝噎，无从申诉，含泪看着我那雪白的橡皮上擦不掉的大脸娃娃和崭新的衣服上洗不掉的水彩笔划痕。他则偷瞄拭泪千行的我，转过头，咧开嘴巴，露出几粒米粒似的牙放声大笑，肆无忌惮。

上课时的他积极活跃，扰乱课堂秩序，接老师的话茬，发明"高科技产品"，开办演唱会，主持脱口秀，改编古诗词……他是班里公认的坏学生。清晨的早读课，一首"李白日照香炉生白烟，李白路过烤鸭店。口水直流三千尺，摸摸口袋没有钱"，便为他换来了老师的怒目相向和同学们的啼笑皆非。他却满不在乎地扬起头："老师，我昨天就已经写好了反思。"

3

爸爸送给我一个削笔器，我飞速摇动着手柄，看着它肚子里越垒越多的铅笔屑，快乐也如铅笔屑般越垒越多，欣喜地抽出一根削得尖细伶俐的铅笔，我把它当作宝贝般爱护。但等到体育课后回到教室才发现，本该插进铅笔的地方被换上了一支筷子，而我爱如珍宝的削笔器早已气绝身亡、香消玉殒，只得让其魂归垃圾桶，死生不复相见。

我和一个体育课上被他痛打的男孩泪眼婆娑地冲进办公室向班主任告状，我对这个坏同桌的憎恶之情早已在心中生根发芽，不可磨灭。我口齿伶俐地列举出了他的"九大罪状"，并正式向老师提出了换同桌的申请。在我们泪如雨下的冲刷攻势下，班主任只得答应我日后一定调整。

4

我本以为换同桌前会是一段度日如年的日子，直到一节语文课上，老师扬了扬手中的纸片说："我发给你们每人一张卡片，写下你们长大以后梦想的职业和原因。"我偏头看了一眼身旁的他，他从未如此一本正经，认真的样子颇是滑稽。他拿到纸后胸有成竹，自信满满地写着，不见了平日里琐碎的窃窃私语，只能细闻笔尖与纸摩擦发出轻轻的"沙沙"声。周围的同学们大多写着科学家、歌手、明星……

不久，他大功告成，放下铅笔，拿起那张小纸片，仔细端详新鲜出炉的杰作，像是琴师回味奏罢的高山流水之音，像是初战告捷的英雄俯瞰祖国大好河山，也像是书法家俯身轻闻未干的墨迹浓香。趁他的注意力完全在纸上，我伸长脖子偷偷望去，上面布满了歪歪扭扭的铅笔字，字虽然不漂亮，却极为工整，笔触也是铿锵有力："我长大以后想当一名飞行员，因为我的妈妈从来没有坐过飞机，我要带她去世界各地。"这是我第一次佩服这个坏同桌。

5

某日，我突然心血来潮，买了一包本班严禁的"三无小食品"。这可是违反了本班之大忌，暗暗享受了一番"饕餮盛宴"。正当我回味糖果的美味时，包装袋逃出书包的束缚，画出一道美丽的弧线，旋转着飘舞到了地上。待到我发现之时，为时已晚，它已经乖乖地在班主任的手中摇摆。班主任的目光在我和他之间摇摆不定，厉声询问道："这个是谁的？"

空气仿佛在一瞬间凝固，班里一阵沉默过后便有窃窃的议论声，我知道自己在劫难逃，准备低头伏法，为自己的"罪过"承担严重的后果——公认的好学生形象终要由于一个食品包装袋毁于一旦。我的双手不住地揉搓着衣角，衣角被手心里的汗水浸染，低垂无力的右手颤微微地正要举起，没想到身旁的他突然"腾"地站了起来。我呆坐在座位上仰头看着他。

6

"这个是你的？"老师的目光顿时凶狠起来，极盛的怒气似要吞噬教室中的一切。我感到非同寻常的紧张。"是我的。"他一脸满不在乎。"你……你知错不改，叫家长来！"看来老师是要数罪并罚了。要是在以前，我定是要拍手称快的，可今天为什么这样难过呢？"还有你，"老师眼镜上反射出两道刺骨的寒光，"马上和他换座位！"

我完全忘记了自己是怎样收拾好书包，离开那个以前总认为是牢笼的座位，离开那个深恶痛绝的捣蛋鬼、坏同桌。可我仍清晰地记得，我自始至终不敢直视他的眼睛。当我从他身边经过时，他给了我一个礼貌的侧身和一个淡淡的微笑。

从那以后，我内心中无法消除的愧疚中断了我们的联系，童年的友谊尘封在历史的沧海里，却终将被时间的细浪抚平，显露出纯洁、珍贵、金色的贝壳，被记忆收藏。

窗外绵绵不绝的秋雨溜入屋内，滴落在我的脸颊，随身听里正单曲循环着周杰伦的《时光机》，声音沙哑却温暖——

那童年的希望是

一台时光机

我可以一路开心到底

都不换气

戴竹蜻蜓，穿过那森林

打开了任意门找到你

一起旅行

也许多年以后，提起同桌，脑海中泛起的仍会是他的身影，那个为了实现母亲的愿望而梦想当一名飞行员的孩子，那个为了维护同桌而甘愿受罚被老师误会的"坏学生"，他的梦想会实现吗？

拔河比赛

文 / 冒文英

今天上午,老师告诉我们一个好消息,说下午要进行拔河比赛。听到这个消息,教室里立刻沸腾起来,我高兴得中午饭都没有好好吃。

好不容易熬到下午。比赛时,老师先把全班同学分为两队,然后大喊一声:"预备!"双方队员就都抓起绳子准备拔河。接着,随着老师嘴里"嘟"的哨声一响,拔河比赛就正式开始了。

第一局，还不知道是怎么回事，绳子就被对方给拉了过去，我们这一队输了，真是出师不利。第二局，红标志在中线附近停留了好长时间，两队人马像两组群雕一样在队伍的两头稳定下来。忽然，老师领着我们喊起刚刚学会的号子，我们这一组齐心协力，用尽了最后的力量，总算把绳子给拉了过来，这一局，我们胜利了，打了一个平手。第三局，成了胜败的关键一局。我们想先发制人，趁对方队员还没有站稳，就使劲拉起来。谁知对方早有准备，也在不停地拉我们。这个时候，我感觉到绳子上传来对方队员的一股巨大的拉力，我用尽吃奶的力气也无法拉动。同学们的嗓子都喊哑了，队员们的胳膊和腿都在颤抖，都不放弃地将浑身的力气全用上了。但最后，我们队又被对方拉倒在地，这一局我们队又输了。最后，对方以2比1的比分，赢得了这场拔河比赛。

　　尽管这场比赛以失败告终，但无论是场上努力的队员还是场下助威的同学都深刻认识到了团结的伟大力量。

蜕 变

文 / 马知行

阿迪顶着一头黄头发,是一个名副其实的"坏学生",同学们都有些疏远他。

小道消息说,阿迪家里很有钱,但他小学时成绩并不好,还经常跟社会上的小混混去泡网吧,逃课、出手打人对他来说都是家常便饭。能进这所名牌中学上初一,是因为他家就住在学校对面。

一

刚开学就军训,阿迪脚上穿了一双"阿迪达斯"鞋子,身上背了一个"阿迪达斯"牌的背包,让全班同学都羡慕了一把——谁让他爸爸是大老板呢?阿迪自己最清楚,其实这些都是"地摊货"。

第一节课是国防教育,阿迪跷着"二郎腿",旁若无人地在教室里玩自己的手机。

从门口走进来一位身材极不匀称的军官——全身肥肉,走几步就抖几下;他的脸上堆满了灿烂的笑容,与他的身材"组合"起来,宛如一位"笑面佛"。同学们都被这一幕逗笑了,唯独阿迪一人看都不看他,埋头玩自己的手机。

"笑面佛"看着这位染了黄头发的高个子男生,心里就有数了:看来又是一个棘手的家伙。

"第四排第三名男生,你在玩什么?""笑面佛"声音很洪亮。

阿迪不以为然:"玩手机,有什么事呢?"

"笑面佛"走过去:"把手机交上来,让我帮你保管几天。"

阿迪没有答话,"专心致志"地玩着手中的手机。"交上来,听到没有?""笑面佛"有些生气了,脸上的笑容荡然无存。

阿迪依然无动于衷。"笑面佛"走到阿迪跟前,阿迪却早就做好了准备,使出了"无影手",任凭"笑面佛"动作麻利,硬是拿不到手机。

阿迪可能是有些烦了,大呼一声:"给你!"就将手机扔了出去。"笑面佛"哪想到阿迪会来这么一招?一时间没有反应过来,手机在空中划出一道白色的弧线,直接撞上了第二排阿果同学的后脑勺,阿果后脑勺上顿时鼓起一个大包。阿果摸着脑瓜,万分委屈——只是坐得靠前一点儿,招谁惹谁了啊!

"笑面佛"快步走到阿果身边,轻轻地拍了拍他的肩头。阿果一脸的委屈,盯着"笑面佛",眼泪在眼眶里打转,但硬是忍住没有哭出来。

二

军训的第二天,同学们统一发型,按要求理成平头。

这可苦了"笑面佛",阿迪那家伙态度十分强硬:坚决反对理发!"笑面佛"亲自出马,把阿迪拽到了理发室。理发师正拿着剪刀帮其他同学理发,看着满地飘落的头发,阿迪心中有一种莫名的恐惧。"我好不容易留的黄色长发,绝对不能剪!"阿迪大喊大叫,可是大家都没有理会他。

终于到阿迪了。他挣扎着想要逃跑,却被"笑面佛"紧紧地抓住,

一把按在了椅子上。理发师"快刀斩乱麻",几下就将阿迪头上的"黄毛"剃得干干净净,阿迪只感到头上一阵清凉,几撮黄发从眼前飘然而下。

回到宿舍,阿迪立刻开始收拾东西:"这变态地方,我一秒都不想再待了!"他告诉大家,准备中午翻墙逃出军训基地。同学们以为阿迪只是开玩笑,可都没有想到,阿迪竟然真的准备当"逃兵"!

午休时间。阿迪背着书包,扛着几张椅子来到了基地外围的围墙,这也是最高的一堵墙,足足有两米五!而翻过这堵墙,外面就是一条公路。同学们都凑在宿舍门口看热闹,想见识这位"英雄"是怎样逃跑的。

只见阿迪在椅子上叠上了另一张椅子,接着又叠一层……椅子的高度已经足以支撑阿迪翻出围墙了!这时,一位教官从对面的厕所出来,正好目睹了这一幕,他当时竟然呆了,直到阿迪从围墙上跳下去,他才如梦初醒,一路快跑来到了总教官室,将此事报告"笑面佛"。

"笑面佛"开着车,尾随着阿迪乘坐的计程车,来到了一个小区。一位白发苍苍的老奶奶坐在石凳上,她饱经风霜的脸上看上去有些凄凉和失落,阿迪下了计程车,径直走向那位老人。老人看见阿迪,脸上多了几分喜悦:"阿迪,你怎么回来了?"

"奶奶,我想你了,所以回来看看你。"阿迪此时判若两人,没有了原本的暴躁和愤恨,只剩下了愉悦。

身后传来刹车声,阿迪回头一看,是"笑面佛",赶紧躲在奶奶的背后。

奶奶迎上来拉着"笑面佛"的手:"如果他是偷偷跑出来的,那就请您赶快带他回去吧,这真是个不省心的孩子。"奶奶又回过头,对阿迪说:"你爸又当爹又当妈,你可不能做对不起他的事啊……"

"笑面佛"看着这一切,仿佛明白八九分,心里充满了同情。

三

同学们都想不通，为什么在"感恩活动"中，那么多人举手想当"领袖"，"笑面佛"却偏偏选中了连手都没举的阿迪。

"领袖"的责任是代替同学们接受惩罚——"笑面佛"让同学们跟着口令做出相应动作，做错一个，"领袖"将围绕着操场跑一圈；如果有一位同学做错还不愿承认的话，"领袖"还得围着操场跑两圈！

阿迪知道"领袖"将要代替同学们接受惩罚，但他没有拒绝，毅然站到了队伍的前方。"笑面佛"下达的第一次的口令是连续动作"跨立、立正、向左转、向右转"，没想到，全班没有几个顺利完成。

倒霉的自然是阿迪了。"笑面佛"惩罚阿迪绕操场跑50圈！这对一个中学生来说，绝对是一个不可能完成的任务。但他没有半句怨言，迈开步子，绕着操场"狂奔"。同学们吃惊地看着阿迪，这位令同学们多少有些讨厌的同学，为了大家，竟肯绕操场跑50圈！自己的过错，却要让别人承担，这对同学们来说，无疑是一种折磨。

突然，阿迪毫无征兆地摔倒在地，他的膝盖被地上的沙石磨破了。罪魁祸首竟是那一双帅气的"阿迪达斯"——"阿迪达斯"的鞋底因承受不了过度奔跑而脱落，把阿迪绊倒了。同学们立刻冲上去，扶起"领袖"，阿迪虽然膝盖十分疼痛，但他第一次体会到了为大家努力的快乐。同学们一个接一个深深地拥抱阿迪。

"笑面佛"招招手，让阿果跑步过来："阿果，把你的鞋借给阿迪。"

阿果明显有几分不情愿，阿迪曾把他后脑勺砸出了一个包，再说，鞋给他，自己穿什么呀？

在"笑面佛"的催促下，阿果无奈地脱下了自己的运动鞋，慢吞吞地递给了阿迪。

"笑面佛"小声地对阿果说:"别丢人了,大不了我给你买双新的。"

阿果一听这话,脸上顿时多云转晴,高兴地冲"笑面佛"大喊:"谢谢爸爸!"

同学们听见这句话,都回头望向阿果。阿果突然意识到自己说错了话,连忙捂住嘴。阿迪怔怔地看看"笑面佛",又看看赤脚的阿果,愣住了……

四

军训结束,"逃兵"阿迪被评为"军训标兵"。

后来,"调皮鬼"阿迪和同学们关系融洽,学习成绩慢慢地上升了。

再后来,"坏学生"阿迪当上了副班长,成为了老师的得力助手。

好人就在你我身边

文 / 刘翠宇

这段时间，电视上经常会提到一些好人、好事，好像是在暗示我们：这个世界还是好人多，好人就在身边。对此，我一直不太相信，因为"耳听为虚，眼见为实"是我刘某人一贯的风格。但那一次的亲身经历改变了我的想法。

那是一个阳光明媚的下午。我和同学骑着自行车走在放学回家的路上。一路上，我只顾着和同学聊天，全然没有注意前方下坡路上有一块大石子。"扑通！"由于骑得太快，又是下坡，我连车带人一起摔倒在地，而且手心也被擦破了一大块油皮——幸好没出血！同学连忙刹车、下车，关切地问我怎么了。我回了句"没事"后就自己慢慢地把车扶了起来，再慢慢地推到路边。由于摔得并不是很重，我把车推到路边后就一屁股坐了上去，脚踩在踏板上，准备继续前进。

"怎么踩得那么轻松？"一踩之下，我发现根本没有用力就踩了一圈，而且自行车也是原地不动。低头一看，原来是链条卡住了，卡在后轮齿轮和支撑后坐架的铁条中间了。"幸好没有断掉，把它拉出来复位就可以了！"想到这里，我让同学先等我，掏出几张餐巾纸裹住链条就"修"了起来。可看起来容易，做起来难。我拔了几次，直到餐巾纸都破了，手都黑了也没能把链条拔出来，因为链条卡得太死了，以我的力气是拔不出来的。

"怎么这么闷"，一身汗的我抬头一看，乌云正一丝丝地移动。"天

好像要下雨了"，我心里开始着急起来。又试了几次，还是不行，我心情糟透了，不知道该怎么办。要知道这里是中海地产，距离家还有很长一段路，附近也没有修车店。要是推回家，那得推一个多小时——得推到晚上7点。我傻眼了，力气比我小、帮我找水洗手刚回来的同学也傻眼了。

就在我俩呆呆站在路边，不知如何是好时，一辆宝马开向我们，停在了路边。下来的是一位穿着黑色上衣和牛仔裤的叔叔。一开始，我没怎么注意，等他向我们走来时，"难道他是坏人，如果是，我们该怎样应对？"我胡思乱想起来，叔叔已经走了过来："小朋友，怎么了？"

"链条掉了。"我木木地回答道，声音估计连自己都没听清。"来，让叔叔看看，我会修自行车……"我有点犹豫，"怎么会有这么好心的人，还是一个开豪车的人……我该怎样应对，是让他修还是拒绝？"我心中的天使和恶魔在斗争："修吧，要万一是坏人，我不倒霉了？不修吧，错过这家村可没这家店了，我得推车走一个小时才能回家呢？"

我的心跳正以平常两倍的速度狂跳着，不知不觉头上的汗已慢慢地流了下来。看到我满头大汗、手足无措的模样，叔叔仿佛看出了我的心思："我看你在这都十多分钟了，我只是想帮你而已。"听了那话后，我原先绷紧的心这才放松了下来。

我告诉叔叔我的链条卡住了。叔叔近前看了看，然后转身走到自己的车旁边，从后备箱里拿出了梅花螺丝刀。走过来，只是轻轻一下，就用梅花螺丝刀以杠杆原理把链条挑了出来。挑出来后，剩下的事就很容易了，一拉一挂，一转脚蹬，那位叔叔三下两下就把链条修好了。"谢谢你！"我满是感激。"不客气！"叔叔在用同学拿来的水洗了洗手后就走了。

在回家路上，我脑海里满是那个黑上衣和牛仔裤的年轻影子。在这个物欲横流的社会里，很多有钱人都自以为了不起，一副高高在上、谁也看不起的样子，给世人造成了一种"为富即不仁"的假象。其实有钱人中也有不少好人，其实好人就在你我身边。

炒菜记

文 / 刘翠宇

近日,我当了一回"厨师"。

那是星期天的上午,大人都因为有事出去了,我独自一人在家玩电脑。直快到饭点了他们也没回来,我的肚子早已开始"咕咕"地抗议了。"自己动手,丰衣足食。我何不自己炒啊!"

说干就干,我走到冰箱前,打开冰箱,看看里面有什么吃的。里面有一个洗好的新鲜的包菜,还有一些切好的片状型的五花肉,我把它们拿了出来,走进了厨房。

我把包菜搁在切菜板上,肉放在一旁。想到平时外婆做饭都会穿架子上那件专门的衣服,我也从架子上取下衣服,有模有样地穿起来。说起来还真怪,一穿那衣服我便有了厨师的感觉。

穿戴完毕,我用刀把包菜切好后就马上开始操作起来:洗锅、点火、放油。"啪啪啪……"油怎么炸起来了?原来是我因肚子太饿忘记等水干了再放油造成的。我还没反应过来,油点已经争先恐后地跳向我的手臂,手臂都起泡了。"啊!好痛!"我赶紧关火,迅速跑到卫生间扭开水龙头,把手臂放在水龙头下使劲冲洗。

等手不痛了我才出去继续炒我的菜。这回我学乖了,先用锅盖盖住锅口,再点火,等不响后,再打开锅盖。外婆说过,要等油冒烟了再把包菜放进去。我盯着锅,直到油冒烟后,才小心翼翼地把包菜放进锅中。刚一放进去,就听见"哗啦啦"地响起来了——幸运的是,这回

油没有跳起来了。接着我连忙用锅铲开始翻炒起来。我边炒边盯着锅里看，等包菜变软了、变亮了、变绿了后把火调小，再拿一个盘子把包菜铲出锅。

要想包菜好吃，还得再加点肉。我又按照刚才做法，烧热油，然后把肉放入锅中，肉就团在一起，在油中滋滋作响，一边响，一边由松变紧变结实了，原来红色也变得稍微白了点。接着炒了一两分钟后，我再次把刚才铲起来的包菜倒进锅去和肉一起炒。时候差不多了，菜该熟了。"得放盐了！"闻着锅里传出来香味，我的肚子越发地饿了。可能是饿晕了的缘故，边上台子上有三种白色的调料，我居然鬼使神差地不假思索就随便抓了些，分量地撒入锅中。没过几秒钟，我放的"盐"就融化，与包菜结合了。

"大功告成！"我拿了双筷子，夹起一块瘦肉，送进嘴里。"呸！"怎么回事，怎么那么甜？我差点把早上吃的一起吐出来了。

刚回到家的外婆看见我的苦瓜脸，再看看刚炒好的菜，马上明白是怎么回事，安慰我道："没事，这只是你第一次炒菜而已，没关系的。你第一次能炒成这样已经不错了。"

哪里跌倒，哪里爬起来。我又重炒起来。这次，我在包菜里先放些水，等水干了我再放油。然后再按顺序认真地炒。经过外婆一步一步的教导，我特意分清楚了盐、糖和味精，终于没有一点失误地炒出了一盘菜。菜出锅后，外婆拿着筷子尝了尝，高兴地说道："不错，这次十分成功，继续努力。"我听了，心里喜滋滋的。

这一次，我做了一回厨师，炒了两回包菜，更体会到了当厨师的苦与乐。

如同风和云的青春

文 / 流马

青春就如同一本小说一样,在我们思维中有很多戏剧性的故事。也有很多的曲折,就像是遇见又错过的感觉。那种让人心灵可以充满阳光和时间概念的过往。仔细去想,青春其实有着风和云的快乐。带着安适与悠闲的美好时光,生长在我们最幸福的旅程之中,微微的意义,在自己的梦里,插上了翅膀,远远地飞离。

每一天的生活都是带有风一样的故事,因为我们可以随风飘摇,去没有人知道的陌生地域。如同是甜甜的人生风景,不论多少的魅力都再不曾走开,永存在自己的记忆之中。因为青春是风,飘向了每一个角落,即便是天涯海角也没人不会感受它的存在。很多的人,在风一样的日子里,和自己的过去一一告别,不用前往目的地的青春单车陪同,也不需要坐上一列火车去自己没有遇见过的世界里。听风就在我们的青春中,就像我们的青春也在风里一样。不需要想象和等待,也不需要太多的不舍和哲人般的思想。因为风一样的青春日子里,我们有过孜孜不倦,有过默默光芒和无限的思绪。这一切,就像在燥热的夏天,我们在风里睡了一个安谧的午觉。

当然有时候会有风铃草一样的理想出现在梦里,那代表着自我的坚强和温柔。坚强是因为每一个人的青春都是充满正能量的,像旭日东升时,从脸庞划过一阵亲切的风,给人以希望。温柔是因为青春有着风一

样的轻巧，不会被太多的东西所束缚，于是这些之中我们都是充满快乐的。在这样的境况中，出现了很多的人，他们都品味着来自青春的快乐与进取。汪国真先生则一定是其中的一位，他带上自己的青春，恰似风一般的样子，书写了一首首正义的诗歌，那绝对胜过西方文学的艺术性文字，因为那有青春的灵魂。就像是最切实的感觉，不畏惧，在选择了青春的远方以后，便留给世界一个背影，让人满怀着着迷与好奇。

我想，青春不仅仅是你了解的风，也是一阵会消失的风，但是我们都在它的美好环境里有过我们难以忘怀的以前。我记得当代诗人林莽写过一句诗歌"时间一晃居然过了这么多年"，我想他一定也感觉青春似风，晃动便不再是从前，让人满是轻松记忆和点点滴滴地晃动自己的思绪。

而风和云常常是一起出现的，青春自然和这两者都分不开。风给过的亲切美好与温情，是青春记忆的点点滴滴。而云的梦想是我们青春不可缺少的重要部分。这两者都是我们永远爱着的快乐。

云的快乐梦想，是在任何时刻都有着自己的希望。哪怕阴雨绵绵，也不论晴天霹雳。它都是一样的淡然，从空中流动。想起了我们的青春树立着的远方梦想，在很多的时候我们都在风尘仆仆中，有过些许的无奈，也可能遇见了自己认为无法度过的曲折，但是这些都是可以用平衡心和协调方式度过去的。因为梦想一直在照亮我们的生活，不论什么方向，或者哪种境遇。我们都可以恢复，保持原有云般的梦想和状态。

把青春当作是那些刻骨铭心的历程，云就是梦想的光亮，飘离了所有荒凉和漫漫长路。用不老的容颜慰藉我们的心，就像是很久以前和很多年以后都可以保持不变的姿态。我想，作家张爱玲一定也会爱着云，因为她有自己的梦想。于是她可以点上一支烟，轻松在自己的世界，不去思考太多人的想法。于是云一样的自在快乐中，怀着自己思维的梦，做了一个风格特色的人。这一种基调，就定格了，自我感受着快乐，没有再变。

风和云一样的青春，伴随着快乐跳着舞。因为青春便是这样的动态，没有人可以清楚很多人怎么思索青春的，但是我们看见了很多人在青春中疯狂，有些人是为了过着有意义，有些人是为了放松在某一段时间……每一个人的共同性是在青春的岁月里，都有过自己的快乐时光，都有自己如风如云的时候。

　　鲁迅先生曾经说，世界上本没有路，走的人多了便成了路。我想青春的路也是这样，也许之前你没有发现你在怎样的路途之中，但是很多人都出现在这一条路上时，你知道了这便是青春的风云之路。像风的姿态，之前没有过多琢磨，轻盈盈地拂过记忆的岸边，消失在遥远的感悟之海。像云的状态，之前没有认真琢磨，悄悄地流浪去了不知道的地方。于是青春还在路上时，我们没有去感受自己内心的快乐，因为很多快乐都是这样不知不觉的，因为任何的经历都可以让你内心丰足，这便是一种最美的快乐。

　　钱钟书先生曾经分析过，中国人为什么不快乐。那时候他没有从青春的角度来看待。我想钱先生一定也感知到了青春最美的快乐，于是对于青年一代举办了很多教育性的讲座。这些青春美妙的状态，都在生活的轨迹中，和我们如影随形。我们都不用去让太多的东西，把本来质朴的希望遗失在年月里，然后变黄，再凋谢和老死。

　　把我们的青春，做成一个轻盈的风筝，放飞在风里，你会发现在天空里的云的背景下，它揉入了风的全部和云进行了美妙的邂逅。在这种境况里，时间就像纷纷扬扬的秋天枫叶一般，绚丽多彩，我想这不仅是秋天的炫舞，更是青春永不苍老的脸庞，在风里自由，像云不朽。

　　我想在时光里，我们终有一天都将会翻山越岭去找寻以前最好的自己。从生命里的所有历程和过往出发，坚持不懈。因为这便是青春，我说的是像风云一样的青春，可以包括各种情感和内涵，成为一种无与伦比的快乐，丰足着你的心灵。

最少年（组诗）

文 / 唐宇佳

00后的天空

00后的幻想
梦已经开始
小星星在闪烁
天真是最萌的
笑脸

00后的快乐
是雨后的彩虹
摇一摇
装满了
清新的小时光

00后的天空
花儿含苞欲放
一只只小鸟
向着太阳
唱起自己的歌

风一样的女孩

她叫风
我们都喜欢
她这个名字
她这个名字
很自然

她喜欢奔跑
她跑起来的样子
像一本掀开的书
她跑起来的笑
像鸟儿衔来的歌声

风一样的女孩
眨眨眼睛
春天就来了
而我们就在不远
等花开

夏天的见面礼

夏天满头大汗
送来花裙子
送来大西瓜
还送来——
40°的热情

夏天请我们
吃冰淇淋
夏天的见面礼
一半是热的
一半是冰的

喝醉酒的太阳

太阳喝醉酒了
嘴上喷出一股火
烧着了白云
把风儿也吓跑了

小鸟躲在树荫里
一声不吭
大滴大滴的汗珠
砸在了草地

小朋友们探出头来
打望着这火热的世界
受不了啦，太阳公公
你不要喝醉好不好

我把影子丢掉啦

影子老跟着我
它有时斜着走
有时又直着走
有时还滚着走

它横着走
我就被拉得很长
它滚着走
我就像大皮球

阳光照不到的角落
影子找不到我
——我终于把影子
统统丢掉啦

我想长一对翅膀

如果我长一对翅膀
我就飞上蓝天了

我要和所有的
鸟儿比
看谁飞的高
看谁飞的远

我想飞上天空去
摸一摸白云
看它真的是不是
棉花糖做的

我想长一对翅膀
每天晚上
我就可以
和小星星跳舞了

旱地鸳鸯

文 / 荆卓然

学校里有一个池塘
鱼儿日夜在里面徜徉

经常有男生和女生
偷偷在岸边牵手
娇羞的影子落进池塘
鱼儿咬得他们心儿也痒

他们还不知道
爱情到底是什么模样
面对池塘
他们经常联想到戏水鸳鸯
他们就像小学生写毛笔字
一笔一画费力模仿

老师经常棒打鸳鸯
爱恨交加的呵斥里
常常掺杂着羡慕的目光

其实老师也知道
他们基本都不会游泳
最多算是旱地鸳鸯

暑期：寂寞的校园

文 / 荆卓然

像一只鸟笼子
挂在黄土高坡的风景画里

鸟儿都飞走了
只剩下笼子
守着我们的味道

操场上没有了我们的欢呼
大树边没有了我们的合影
走廊上没有了我们的追逐
教室里没有了我们的身影
只有成群结队的唐诗宋词和名人名言
在墙上比着高低

偶尔有蝉一顿乱嚎
校园赶紧睁开眼睛

我和老师单挑

文 / 刘勇

我叫张三多,爸爸给我取这个名字的意思是让我挣钱多、知识多、财富多;谁知道他在我上初三的时候带着一个女人跑了,妈妈接受不了这个事实,精神受到严重创伤,去年也下岗了。我们的生活拮据不堪,她只好帮别人洗衣服来维持生活。

高二下学期的一天,我放学被两个小混混拦着,他们搜我身,竟然要拿走我的5元钱,那可是妈妈一天的辛苦钱呀!我拼了命和他们两个打起来,结果把一个混混鼻骨打断了。学校知道这事后,给予我通报批评。为什么我保护自己的财物还落个处分!我想不明白。结果,我的成绩一落千丈,无论怎样努力就是提高不上去,我变得桀骜不逊,被班主任定为"叛逆不可救药"的差生,安置到最后一排。

今天,我很高兴,戴虎来到了我们差生小组里,我代表差生小组首席组长,对戴虎的到来表示欢迎,谁知道他却抱着书包一直哭个不停,我狠狠踢他一脚,没骨气的家伙,我瞧不起他。

新来的英语老师被校长带着来到我们班,在介绍班里同学们时,指着后面一排座位说:"那几个都是扶不上墙的家伙,就不要管他们了!"英语老师很惊讶地看着我们,点着头说:"好,我知道了。"很多同学也随着校长手指,看着我们露出嘲笑和鄙夷的神情。"看什么看,谁在笑,小心我扁你!"我这一吼,英语老师吓了一跳,校长脸色很难看,他指了指我,"给我出来。"我斜睨了他一眼,没动。校长张了张嘴,来到我面前,我歪着头笑嘻嘻地说:"我鞋带还没系好呢?"班里一阵哄笑。

我和校长来到操场东头,我懒洋洋地靠在双杠旁,校长说:"张三多你也给我点面子,我们不是说好了,我不管你,你也不在课堂上闹,我们互不干涉。"我看了看天,"给根烟抽吧。"校长不耐烦地掏出烟,提高声音说:"快毕业了,我希望我们都相安无事。"说完扭头就走。

我躺在宽阔的操场上,望着明亮的教室,心里有点说不上的酸痛。

戴虎瞪着眼睛伸长脖子,很吃力地看着黑板,我说:"戴虎我们杀两盘象棋吧?"戴虎说:"三多哥,别闹,老师正在讲古文呢!"我的天,你连续三年统考倒数第一,现在还有心情学古文。我感到可笑,对吴秋说:"你看他那熊样还学古文呢?"吴秋他们也跟着笑。

"后面的同学,注意课堂纪律,就说你呢?"新来的语文老师戴着小眼镜指着我。他是安徽大学中文系研究生毕业,刚到学校,校长就让他带毕业班,可见学校对他的重视。

我站起来说:"你贩卖你的知识,校长没和你说不让你管我们吗?"小眼镜脸上一阵灰白,他推了推眼镜说:"你叫张三多吧?我不管你以前如何,但在我的课堂上你必须尊重我!"

我奋力一脚,把前边课桌踹倒,大声地说:"我不尊重你怎么了,你能把我怎么着!"戴虎拽着我说:"别闹了,再闹会被开除的!""开就开吧!老子不怕!"

赵老师对同学们说:"其他同学先自习,张三多你来一下。"又是在操场的东头,校长拉我是为了维护他的面子,赵老师让我来不知道要干什么,我冷冷地看着他,满眼的挑衅。赵老师说:"听说你挺能打架的。"便飞起一脚踢来,我没有防备,倒在地上。赵老师说:"有本事把我打倒,来呀!来!"老师竟然打学生,还得了,我站起向他反扑过去,于是,两个一米八零的大男生扭在一起,一会儿不是赵老师倒下就是我倒

下，直到我们筋疲力尽地躺在操场上，大口地喘气。

赵老师突然哈哈大笑起来："你还真有力气，和我真的很像，知道吗？我也曾是个很糟糕的学生，比你还恶劣，那时候连父母都放弃了我，我认为我这一辈子就这样完蛋了。可有一天，我厌倦了那样生活，讨厌起自己来，就整天的闲荡。一天，买烟老奶奶对我说：'差学生也是学生，你就甘愿被打败吗？其实最可怕的是不是被别人打倒，而是你先放弃了自己，被自己干掉了。春天对待每个人都是公平的，最主要的是看谁先找到它！'"

赵老师说完起身走了，我默默念叨着那句"而是你先放弃了自己"，心里被重重击了一拳，我望着蔚蓝天空，眼泪悄悄地滚了出来。

看着趴在课桌上酣睡的戴虎，我狠狠拍了他一下，"你给我记着，差学生也是学生，要发扬不要脸的精神，好好听课。"

高三头次模拟考试，我正数30名，戴虎倒数第5，校长看着成绩单说："张三多，你抄就抄吧，别太过分。"

第二次模拟考试，校长监考，我一下跃上正数18名，语文成绩全年级第一，戴虎仍然倒数第5，校长在宣读我的分数的时候声音提高了分贝。那天我望着成绩单先是笑，后是哭。

半年后，我考上南方一所大学。戴虎选择了复读高四。放假期间，同学们都要求去学校看看。

刚到学校，就遇见了校长。校长绷着脸，"张三多同学，给根烟抽吧！"我挠着头嘿嘿地笑，脸红了起来。

怀念习武的日子

文 / 刘勇

评书联播《岳飞传》开始了，我和卫东他们搬着小马扎坐在收音机跟前，静静地倾听。这时是我们这帮调皮蛋们最安静的时候，大伙都沉浸在惟妙惟肖的马蹄声、刀枪声里，眼前是一幅波澜壮阔的战争场面。于是，学习武术成了我们的最爱，岳飞也是我们心目中的英雄。

宏伟是1978年进食堂的，姓徐，说是领导的小孩。来学厨师的，他口才伶俐，喜欢结交朋友。他压根儿就没把学厨师看在眼里，常常不来，让班长也拿他也没办法。

我们天天陶醉在《岳飞传》里，英雄形象已在我们心中高高耸立，怎样能学好功夫练好本领呢？怎样成为英雄呢？我们没事的时候就争论着，寻找着学习对象。

大胖说："宏伟会武术，进食堂的时候还带着一杆'红缨枪'呢！这是'红缨枪'。"宏伟露出鄙夷的眼神，高傲地说："你们懂个狗屁，这叫长矛，你们可知道长矛的矛咋写的？不知道了吧！就是自相矛盾的那个矛。哎！你们见识短，红缨枪是革命年代的事。"在他的炫耀下我们感到了长矛的神奇。

时常在傍晚的时候，看到他拿着长枪在夕阳下晃着，特眼馋。心想，我要是能有那一身武艺多好呀！宏伟还对我们炫耀，他家上上上代，是开国将军的副官，统领三十万大军，保卫了家乡，捍卫了蒙城的

领土,用的就是长矛,那家伙比三国里的张飞的矛厉害几十倍。于是,我们把对岳飞的崇拜就转到宏伟身上了,感到宏伟高大威猛,认为很多英雄都比不过他。所以,喜欢看他耍长矛,听他神侃。很晚的时候,父母们总会在宏伟住处找到我们这群喜欢习武的孩子。

电影《少林寺》播出后,卫东他们都跃跃欲试要学武了。没有老师怎么办,大家就推荐宏伟教。但卫东不屑地说:"他那净是花架子,不成套路,没用。"实在找不到老师,我们可以找武术秘籍。大家听我说的在理,就纷纷去找。一时间整个大院子里,父母都说这孩子们满世界找什么,箱子底都翻腾两遍。晚上,我们在树林里聚会,大家都说没找到武林秘籍,问我怎么办,我说:"没有就去买。"当时武术书很吃香,买《武术》《搏击》等杂志,需要搭着书才卖,不搭不卖,我就搭着《故事会》《中国少年》来看。

宏伟见我们都不答理他了,十分的落寞。就变着法吸引我们,不是今天给大家发大白兔奶糖,就是明个在食堂里给我们炸糖膏吃。一天,他跟我们说去少林寺拜师学艺,回来就是武林高手了。谁知宏伟说走就走,第二天,真的见不到他了。食堂里少一个人了,看领导熊班长吧!

我对武术的热爱,让妈妈感到不理解,很文静的一个小伙子,怎么也刀枪棍棒的在家舞弄起来,就悄悄地把我的武术书藏起来了。

卫东来告诉我:"很多去少林寺的孩子不是被家长找回来,就是被遣送回家!闹得我也不敢去了!"看着卫东失望的眼神,我知道我们去少林寺学武的计划彻底破灭了。大胖看我难过,就说:"现在留着长头发,穿着喇叭裤,提着录音机在街上闲逛,那才是时髦!谁还练那玩意儿。"时光过得很快,转眼我已不学武快有两年了,也不知道宏伟他学得怎么样了,没事的时候常常想起他。

又是一年春,我去买书。大街上突然有了很多警察,逮了很多的人在游行。听人议论这些都是"土痞子",是昨晚全国统一行动进行严打时逮着的。他们不学无术、打架斗殴、小偷小摸干坏事。在晃动的人群里，我竟然看到宏伟、大胖。宏伟看见我后，冲我挤了挤眼，大胖则脸红着低下了头，让我惊诧。

回来，和爸爸讲。爸爸抚摸着我的头，语重心长地说："练武术并不是坏事，主要是看往哪个方向发展。现在你明白了，我们为什么反对你练武了吧。"我点了点头。

两年后，我上街买圆规，老远就听到有人喊我，回头一看，是宏伟，他拿着烧饼往我手里塞，"小弟，小弟，来！刚出炉的，来尝尝，尝尝！"我欣喜地嚼着烧饼，"哥，你不是到少林寺学武了吗？现在怎么卖起烧饼来了？"宏伟愣了一下，拿火钳的手直抖，眼眶里溢出豆大的泪珠，落到炉膛里，发出吱吱声。

盯着宏伟豆粒子大的泪珠，我张着嚼饼大嘴，心扑通、扑通得直跳，心想我没说错话吧！宏伟揉了揉眼说："灰太大了，灰太大了，眯眼了。弟弟，我算知道了，学武真的没用，还是上学好，有空多看点书吧。"我很艰难地把饼咽到肚里，似懂非懂地点了点头。

远处，夕阳正浓，我眼里冒出，那个曾经很风光很挣面子的宏伟来。就是一时想不通，那么风光的人，怎么卖起烧饼来了呢？

美妙的校园之声

文 / 汪文钰

盼望着，盼望着，大课间来了。随着清脆的下课铃声，同学们跳着，跑着，涌向校园，涌向操场，涌向长廊，像刚出笼的小鸟儿一样，又似万马驰骋沙场，顿时整个校园欢腾起来了。

我们在属于自己的天地中尽情撒欢儿。看，手中捧篮球的男生推着闹着，边争论着刚才的比赛，边冲向球场；几个女生围在一起，手拿毽子。一声令下，五颜六色的毽子飞扬起来，像一道道彩虹在空中飞转；跳绳的同学们边跳边数着数："一个、两个、三个……"五花八门的跳法令人吃惊，并时不时爆发出一阵又一阵的喝彩声；"加油！加油！"操场西边的赛道上热火朝天，凑过去一看，原来在进行赛跑比赛呢！只见运动健儿们站在赛道上，旁边的同学们挥舞着彩旗，震天的呐喊声，冲天的阵势，让大家活跃起来，真不愧是"红旗招展战鼓擂，冲向终点谁怕谁"的情景！欢呼声，呐喊声，鸟儿的啼鸣声，蝴蝶的振翅声，蜜蜂的嗡嗡声，每一种声音都是一个个美妙的音符。

上课的铃声就像是奔向战场的号角，刚才还活跃的校园顿时安静下来。不一会儿，校园里传出一阵阵朗朗的读书声，恰似珍珠滑落玉盘，似手指敲击琴键，似百灵鸟齐放歌喉。同时，你还可以听到"刷刷"的写字声。这时天公也跑来凑热闹，淅淅沥沥地下起了蒙蒙细雨，正在上体育课的同学们躲进长廊，在绿藤下躲雨，滴答滴答、叮叮咚咚的雨声和同学们的读书声交织在一起！"风声雨声读书声，声声入耳"，这不正是校园最自然的和谐之声吗！

倾听校园之声，我不由心情澎湃、思绪万千，唯有发愤努力学习，将来才能建设更加繁荣昌盛的祖国。

青春驿站

梦想的力量

摘编 / 王必清

他是一个地地道道的农民的儿子,外表看上去与在城市打工的千千万万农民工没有任何区别,没有受过任何与演员这个职业有关的培训,也没有哪怕一点点在一般人看来是成功必须的一些"社会资源",甚至没有一个"城里人"亲戚,唯一有的只是一个要靠演电影来摆脱贫困生活的梦想。他的梦想实现的几率有多大?

当许许多多都市青年沉迷于港台、韩国的那些胡编乱造到不食人间烟火的所谓"青春励志"电视剧,为剧中人物唏嘘长叹,继而感怀自己的时候,他却用他的十多年的不懈努力,演绎了一个真实的青春励志故事。他就是影视明星王宝强。

王宝强1984年出生于河北省邢台市,6岁时开始练习武术,8岁那年,因深受李连杰主演的电影《少林寺》的影响,怀着不能在村里待一辈子、一定要出去闯的念头来到少林寺做了6年俗家弟子。

16岁的时候,王宝强身上带着500元钱,决定到"能拍电影的地方"——北京闯荡。为了有机会拍电影,他来北京的第一站就是北京电影制片厂。

来的第一天,王宝强没找到活儿,晚上还被人骗到地下室住了一晚。第二天,依然没有活儿,第三天,也是如此……

王宝强在北京电影制片厂门口蹲了半个月,才等到了一个群众演员的角色:穿着大褂在明清一条街上走一遍,走完下场,就像《喜剧之王》里周星驰苦苦乞求的那种角色:"完全看不到的角色有没有啊?"

之后很长一段时间，无论怎么等，王宝强也没等到一个角色。这时的他学会了在人群里奋力向前挤，学会在人前展示自己从少林寺里学来的功夫底子，学会忍受所谓"同行"的冷眼，但是机会总是迟迟不来。后来他才知道，"蹲活"也有蹲活的规矩和技巧。很多有经验的群众演员根本就不用整天蹲在电影厂门口；他们都认识"穴头"，很多挑演员的副导演不去厂门口，只要找"穴头"就可以。

就这样，日子一天天过去了，他当初带来的500元要花完了，没有龙套演的日子，他只能和同住的伙伴去建筑工地打零工，一天25元，包吃不包住。

那年的大年三十，每个人都在欢天喜地准备迎接新年的时候，他却整整一天没有吃饭，原因很简单，没钱了，"一文钱难倒英雄汉"。晚上12点之后，他敲开卖馒头的邻居家的门，赊了5个馒头，这就是他的年夜饭。吃完5个馒头之后他还不敢喝水，他听说那样可能会把人胀死。那年的除夕之夜，他一个人躲在被子里哭了一场。

尽管生活是如此的艰辛，王宝强并没有因此而放弃自己当明星的梦想。为了生存，他到工地上去打工，5块，10块……就这样勉强维持着自己的生活，每有演群众演员的机会，他都会尽自己最大的努力去演好每一个不起眼的角色。

天助自助之人！一个偶然的机会，导演李扬在众多的试镜资料片中看到了王宝强，于是，18岁的王宝强被选中出演处女作《盲井》。这部电影于2003年获金马奖"最佳新人奖"，2004年获法国杜维尔亚洲电影节"最佳男演员奖"和泰国金鸟电影节"最佳男演员奖"。

在这里，王宝强认识了著名导演冯小刚，从此，他的人生翻开了崭新的一页。2004年，王宝强参演冯小刚贺岁剧《天下无贼》，名声大噪。

梦想是灯，梦想是星，梦想照亮了生命的行程；梦想是阳光，梦想是春风，梦想温暖了人生的艰辛；梦想是魂魄，梦想是信念，梦想是百折不挠的精神。梦是你，梦是我，梦想聚集了最强大的力量。只要有梦想在心中荡漾，好梦就一定会成真！

超人的转弯

摘编 / 慧超

当年,克里斯朵夫·李维,是以主演美国大片《超人》而蜚声国际影坛的。然而,1995年5月,正当他在好莱坞红极一时、风光无限之时,一场飞来的横祸改变了他的人生。原来,在一场激烈的马术比赛中,他意外坠落马下,几乎是转眼之间,这位世人心目中的"超人"和"硬汉"形象化身的他,从此成了一个永远只能固定在轮椅上的高位截瘫者。

当他从昏迷中苏醒过来,对家人说出的第一句话就是:让我早日解脱吧。出院后,为了让他散散心,平息他肉体和精神的伤痛,家人推着轮椅上的他外出旅行。

有一次,小车正穿行在落基山脉蜿蜒曲折的盘山公路上。克里斯朵夫·李维静静地望着窗外,他发现每当车子即将行驶到无路的关头,路边都会出现一块交通指示牌:"前方转弯"或"注意!急转弯"!而拐过每一道弯之后,前方照例又是一片柳暗花明、豁然开朗。山路弯弯,峰回路转,"前方转弯"几个大字一次次地冲击着他的眼球,也渐渐叩醒了他的心扉:原来,不是路已到了尽头,而是该转弯了。他恍然大悟,冲着妻子大喊一声:"我要回去,我还有路要走。"

从此,他以轮椅代步,当起了导演。他首席执导的影片就荣获了金球奖。另外,他还用牙关紧咬着笔,开始了艰难的写作,他的第一部书

《依然是我》一问世,就进入了畅销书的排行榜。与此同时,他还创立了一所瘫痪病人教育资源中心,并当选为全身瘫痪协会理事长。除此之外,他还四处奔走,举办演讲会,为残障人的福利事业筹募善款,成了一个著名的社会活动家。

后来,美国《时代周刊》以《十年来,他依然是超人》为题报道了克里斯朵夫·李维的事迹。在这篇文章中,他回顾自己的心路历程时说:以前,我一直以为自己只能做一个演员,没想到今生我还能做导演、当作家,并成了一名慈善大使。原来,不幸降临的时候,并不是路已到了尽头,而是在提醒你:你该转弯了。

路在脚下,更在心中,心随路转,心路常宽。学会转弯也是人生的智慧,因为挫折往往是转折,危机同时是转机。

良知是最高的准则

摘编 / 良门

1991年9月，统一后的柏林法庭上，举世瞩目的柏林围墙守卫案将要开庭宣判。这次接受审判的是30岁都不到的4个年轻人，他们曾经是柏林墙的东德守卫。

两年前一个冬夜里，刚满20岁的克利斯和一个名叫高定的好朋友，一起偷偷攀爬柏林墙企图逃向自由。几声枪响，一颗子弹由克利斯前胸穿入，高定的脚踝被另一颗子弹击中。克利斯很快就断了气。他不知道，他是这堵墙下最后一个遇难者。那个射杀他的东德卫兵，叫英格·亨里奇。

当然，英格·亨里奇也绝没想到，短短9个月之后，围墙被柏林人推倒，而自己最终会站在法庭上因为杀人罪而接受审判。柏林法庭最终的判决是：判处开枪射杀克利斯的卫兵英格·亨里奇三年半徒刑，不予假释。

英格·亨里奇的律师辩称，他们仅仅是执行命令的人，根本没有选择的权利，罪不在己。法官当庭指出："东德的法律要你杀人，可是你明明知道这些逃亡的人是无辜的，明知他无辜而杀他，就是有罪。作为警察，不执行上级命令是有罪的，但是打不准是无罪的。作为一个心智健全的人，此时此刻，你有把枪口抬高一厘米的主权，这是你应主动承担的良心义务。"

世界上，自然法永远高于社会法。良知是做人的最高准则，是不允许用任何借口来无视的。

价值20美金的时间

摘编 / 陆芳

有位父亲每天下班回家都晚,每次回家他5岁的儿子都已经睡了。有天,这位父亲回家发现儿子靠在门旁等他。父亲正准备问儿子为什么这么晚不睡时,儿子先开口说话了:"爸爸,我可以问你一个问题吗?"

父亲回答:"当然,什么问题?"

"爸爸,你一小时可以赚多少钱?"

父亲有点奇怪,就随口说道:"这与你无关。你为什么问这个问题?"

小孩哀求道:"爸爸,请告诉我,你一小时赚多少钱?"

"我一小时赚20块美金。"

"噢!"然后孩子低着头算着什么,过了一会儿,孩子又对父亲说:"爸爸,你可以借我10块美金吗?"

又累又乏的父亲生气了:"如果你问这问题只是为了找我要钱去买毫无意义的玩具或东西的话,你给我回到你的房间,并上床好好想想为什么你会那么自私。我每天长时间辛苦工作着,没时间和你玩这种小孩子的游戏。"

小孩安静地回到自己房间并关上门。

过了一会儿,冷静下来的父亲开始反省,觉得自己刚才对孩子太凶了。心想,孩子要10块钱美金,也许是为了买自己真正需要的东西,而且,孩子并不经常找自己要钱用。想到这些,父亲内心不安起来,走到孩子的房间门口问道:"你睡了吗,孩子?"

"爸爸,我还没睡着。"

父亲走进孩子的房间说:"我今天很累,也很乏,刚才可能对你太凶了。这是你要的10美金。"说着,父亲递给孩子10美金。

孩子高兴地坐了起来:"爸爸,谢谢您。"接着小孩从枕头下拿出一些被弄皱了的钞票,然后慢慢地算着钱,接着看着他的爸爸:"爸爸,我现在有20美金了,我可以向您买一个小时的时间吗?明天请您早一点儿回家,我想和您一起吃晚餐。"

帮助别人就是帮助自己

摘编 / 华微

在美国得克萨斯州的一个风雪交加的夜晚,一位名叫克雷斯的年轻人因为汽车"抛锚"被困在郊外。正当他万分焦急的时候,有一位骑马的男子正巧经过这里。见此情景,这位男子二话没说便用马帮助克雷斯把汽车拉到小镇上。事后,当感激不尽的克雷斯拿出不菲的美钞对他表示酬谢时,这位男子说:"这不需要回报,但我要你给我一个承诺,当别人有困难的时候,你也要尽力帮助他。"于是,在后来的日子里,克雷斯主动帮助了许许多多的人,并且每次都没有忘记转述那句同样的话给所有他帮助过的人。

许多年后的一天,克雷斯被突然暴发的洪水困在一个孤岛上,一位勇敢的少年冒着被洪水吞噬的危险救了他。当他感谢少年的时候,少年竟然也说出了那句克雷斯曾说过无数次的话:"这不需要回报,但我要你给我一个承诺……"克雷斯的胸中顿时涌起了一股暖暖的激流:"原来,我穿起的这根关于爱的链条,周转了无数的人,最后经过少年还给了我,我一生做的这些好事,全都是为我自己做的!"

爱默生说:"人生最美丽的补偿之一,就是人们真诚地帮助别人之后,同时也帮助了自己。"我们在帮助别人的时候,其实就是在帮助我们自己。

很多时候,人们会抱怨人际关系复杂,知心朋友难寻。造成这种局面的原因很多,但其中最重要的原因很可能是我们平日考虑自己过多,帮助别人太少。一个平时不注重维护人际关系的人,很难有好人缘,"临时抱

佛脚"只会给别人以"利用"之感。试问这样的人,又怎么能得到别人的信任和欢迎呢?只有平时给他人帮助,别人才会拿出真心对我们。

自然界也有许多帮助别人就是帮助自己的例子:

在非洲大陆上有一种甜瓜,它的滋味十分迎合土豚的口味,是土豚的最爱。然而,土豚并不是吃了甜瓜之后拍拍屁股就走,它会把自己吃完甜瓜后拉下的粪便用泥土埋起来,因为粪便中有未消化的甜瓜籽。土豚就这样"种"下了很多甜瓜。那些种子有土也有肥,来年便结出更多的甜瓜,土豚于是就有了更多的食物。土豚和甜瓜互利互惠,彼此都得以繁衍生息下去。

还有一个例子:螃蟹在陆地上也可以生存,但离开水的时间不能太久,所以它们就一路不停地吐泡沫来沾湿自己和同伴。一只螃蟹吐出的泡沫是不可能把自己完全掩盖起来的,几只螃蟹一起吐,那些泡沫连接起来就形成了一大片,螃蟹们也就营造了一个富含水分并且能够容纳它们每一个于其中的空间,彼此都争取到了生存的机会。

很多时候,人际关系的纠纷,都与利益有直接的关系。面对纠纷我们不能总是抱怨别人侵犯了我们的利益,而是应该反思自己是否考虑过别人的利益。有的时候,我们帮助别人只是举手之劳,但却能因此得到意外的机会和收获。如果我们经常对别人施以援手,难保不会遇到生命中的"贵人"。

大家都听过这样一句话:"赠人玫瑰,手留余香。"这是说:我们在给予别人的同时,自己也会有收获。每个人都不是独立地存在这个世界上的,每个人都会遇到困难,会遇到自己解决不了的问题。这个时候,我们就需要向别人求助,如果我们能得到别人帮助,那么我们就会心存感激,希望自己以后也可以为别人做些事情。同样的,当我们帮助别人时,别人也会心存感激,希望他日伸出援助之手,帮助我们。所以,我们要舍弃一些不必要的自我意识,应努力帮助别人做一些力所能及的事情。

有一种修身叫慎独

摘编 / 陈文广

古人把历练人生分为四个阶段：修身，齐家，治国，平天下。其中，修身是根本。修身不仅仅是读几本好书，做两件善事那么简单。修身的内功是饱学，外功是慎独。

"慎独"最早记载于《礼记·中庸》中："道也者，不可须臾离也，可离非道也。是故君子戒慎乎其所不睹，恐惧乎其所不闻。莫见乎隐，莫显乎微，故君子慎其独也。"

《大学》在解释"正心""诚意"时也讲到"慎独"："所谓诚其意者，毋自欺也。如恶恶臭，如好好色，此之谓自慊，故君子必慎其独也。小人闲居为不善，无所不至；见君子而后厌然，掩其不善，而著其善。人之视己如见肺肝然，则何益矣。此谓诚于中，形于外，故君子必慎其独也。"《大学》《中庸》讲慎独的角度虽然不一样，但都强调修养的自觉性，都把"慎独"看作是修身的最高境界。

所谓"慎独"，可以通俗地解释为：小心翼翼地固守本性，无怨无悔地遵循道德，矢志不渝地追求理想。慎独是在人们精神戒备最薄弱的时候，激发出的一种高尚情操和自律意识。其实，"慎独"说到底就是"慎心"，指在各种利诱面前，靠强大的"精神防线"来抵挡形形色色的威逼和诱惑。

《后汉书·杨震传》讲了一个非常有名的故事：一个叫王密的人在昌邑做县令时，恰巧朝廷派来的新任太守杨震是他旧日的一位朋友。于是，王密马上跑到杨震那儿去拉拢关系。为了官运亨通、步步高升，王

密不惜血本，竟拎出十斤黄金，公然向杨震行贿。

见状，杨震愤愤地质问他："故人知君，君不知故人，何也？"王密胁肩谄笑，毫不脸红地答道："暮夜，无知得。"意思是，并非光天化日、众目睽睽，我送礼、您收钱的事儿谁会知道呢？

杨震是饱读圣贤书的正人君子，哪里受得了这番侮辱？立刻寸步不让地挖苦王密说："天知、神知、子知、我知，何谓无知？"杨震说，做了贪赃枉法的丑事，不但法纪难容，连上天都要报复你！

人的内心世界是复杂多变的，一个人独处的时候，由于心中没有了顾忌，往往容易放纵自己，所以说，一个人独处的时候，也是最容易犯错误的时候。而慎独则针对这种情况，要求人们一个人独处时，也要像在众目睽睽之下一样严格要求自己。

一个人的道德品质往往从最隐蔽、最细微的地方真实地暴露出来。一般来讲，在公开场合下，在大的问题上，由于法制、舆论的压力，一些人能够约束自己的言行，不会做出有悖道德规范的事。但是，在非公众场合，特别是面对金钱、美色等各种诱惑时，有些意志薄弱者可能会不善"慎独"，就容易放纵自己，暴露出真实的思想面目。

慎独作为识别人的道德品质的一种方法，要求在别人看不见的时候，在别人听不到的时候，也要自觉地谨慎自己的言行，体味着生命本真的乐趣。

慎独是一种高尚的情操，是一种优良的修养，是一种自然有序的自律，是一种磊磊落落的坦荡。慎独的人，是内心强大的人，是受得住诱惑、耐得住寂寞的人。

慎独的人，善于用一颗安静的心灵来格物致知；善于用一颗纯洁的心灵，来修习生命的每一份高贵；善于用一颗宽广富于责任感的心灵来担当，引导周围的人；善于用一颗伟大博爱的心灵来对待世间的一切生命和事物，为着人类、世界的美好与和平而奋斗！

烧开一壶水的智慧

摘编/徐进

一位青年大学毕业后,曾豪情万丈地为自己树立了许多目标,可是几年下来,却一事无成。于是,这位青年满怀挫伤地去找一位智者,恳求智者给他点拨自己到底错在哪儿。

智者听完青年的倾诉后,对他说:"你先帮我烧壶开水吧!"

青年看见墙角放着一把极大的水壶,旁边是一个小火灶,可是没发现柴火,于是便出去捡柴。

他从外面拾了一些枯枝回来,然后用大水壶打了一满壶水放到灶上,便开始在灶内点火烧了起来。可是由于壶太大,他捡的那小捆柴很快就烧完了,而这时水还没被烧开。于是他又跑出去继续捡柴,等他捡柴回来时,那壶快烧开的水早已变凉了。他只好重烧。

这时智者忽然问他:"如果没有足够的柴,你该怎样把水烧开?"

青年想了一会儿,摇了摇头说:"没办法烧开。"

智者说:"你发现柴不够的时候,把水壶里的水倒掉一些,是不是就可以烧开了?"

青年若有所思地点了点头。

智者接着说:"多一种思路是不是就多一种解决问题的方法?这就像你的工作一样,一开始你踌躇满志,树立了太多的目标,你的这些目标就像这个大水壶装了太多水一样,而你又没有足够烧开它们的柴,所以你的那些目标只能搁浅。你要想实现你的这些目标，就应该有取舍，舍掉一些目标，就像把壶里的水倒掉一部分似的，这样，你是不是就能把水烧开了？！"

青年恍然大悟。回去后，他把计划中所列的目标去掉了许多，只留下最近的几个，同时利用业余时间学习各种专业知识。几年后，他的目标基本上都实现了。

只有删繁就简，从最近的目标开始，才会一步步走向成功。万事挂怀，只会半途而废。另外，我们只有不断地捡拾"柴"，才能使人生不断加温，最终让生命沸腾起来。

诚信的力量

摘编 / 张润

东汉时，汝南郡的张邵和山阳郡的范式同在京城洛阳读书。学业结束，他们分别的时候，张邵站在路口，望着长空的大雁说："今日一别，不知何年才能见面……"说着，流下泪来。范式拉着张邵的手，劝解道："兄弟，不要伤悲。两年后的秋天，我一定去你家拜望老人，同你聚会。"

两年后的秋天某日，落叶萧萧，篱菊怒放，长空一声雁叫，牵动了张邵的情思，他不由自言自语地说："他快来了。"说完赶紧回到屋里，对母亲说："妈妈，刚才我听见长空雁叫，范式快来了，我们准备准备吧！"

"傻孩子，山阳郡离这里一千多里，范式怎么会来呢？"他妈妈不相信，摇头叹息："一千多里路啊！"

张邵说："范式为人正直、诚恳，极守信用，不会不来的。"

张邵妈妈只好说："好好，他会来，我去准备。"其实，老人并不相信，只是怕儿子伤心，宽慰宽慰儿子而已。

不久，范式果然风尘仆仆地从山阳赶到汝南。张邵妈妈激动地站在一旁只抹眼泪，感叹地说："天下真有这么讲信用的朋友！"

后来，范式重信守诺的故事一直为后人传为佳话。

孔子说过："人而无信，不知其可也。大车无輗，小车无軏，其何以行之哉？"意思是一个人要是没有诚信的话，真不知道他在这个世界上怎么度过一生。这就好像大车没有輗、小车没有軏一样，它靠什么走起

来呢？也就是说，只有靠诚信，才能把人生这辆车驱动起来。诚信让你成为一个可以立得起来的完整的人。要是没有诚信，就缺少了安身立命的根本。

《三国演义》中的关羽，历来被视为笃信的楷模。建安五年（公元200年），曹操攻破徐州，刘备、张飞败逃，关羽被俘。曹操对关羽惺惺相惜，他一直希望这样一个忠勇之人可以来辅佐自己，但是也看出关羽不会久留，所以他一方面诚意相待；另一方面派自己的大将张辽去探听关羽的口风。

关羽对张辽说："我知道曹公待我恩重如山，但是我已经跟刘备有兄弟之约，生死结盟，我对他的忠心绝不会改变。我一定不会留在这里，但是我会报答了曹公之后才走。"过了几个月，机会终于来了，关羽斩杀了袁绍军中大将颜良。这时候曹操知道，关羽已经报恩了，非走不可了。于是曹操对关羽厚加赏赐。而关羽呢，把所有的赏赐都封存起来，并没有带走。然后留书告辞去找刘备了。关羽走的时候，曹操的部将要去追，曹操把他们拦住了，说："各为其主罢了，不要追了。"

为什么舞台上的关公永远是红脸的忠勇形象？就是因为他笃诚守信。从正史到小说，都记载或流传着关羽心恋故主的忠勇故事。

朱熹说，人与人要"合义则言，不合义则不言。言义，则其言必可践而行之矣！"这就是说"轻诺寡信则殆"。对于成大事的人而言，手中都有一张"信用卡"——诚信。诚信，不仅是做人的准则，也是处世的基本原则和方法。为人处世以"信"为原则，讲信义、重信义，这样的人才会为世人所接受，才会在危难之时获得帮助。

所以，与别人交往时，我们一定要坚守诚信，说过的话就一定要做到，如果实在做不到，也要诚心诚意地向别人解释自己没做到的原因。这样，我们才能获得别人的信任，才能扩展友好的人际关系，才能在自己需要帮助时，能得到真诚的关怀和帮助。

天下没有免费的午餐

摘编 / 付爽

一天,小鱼问大鱼:"妈妈,我的朋友告诉我,钓饵上的东西是最美味的,可就是有一点儿危险。怎样才能尝到这种美味而又保证安全?"

大鱼说:"孩子,这两者是不能并存的,最安全的办法就是绝不去吃它。"

小鱼说:"可它们说,那是最便宜的,因为它不需付出任何代价。"

大鱼说:"完全错了!这表面上看起来不需要付出任何代价,实际上是需要付出最昂贵的代价——生命。孩子,你知道吗,那种美味里面裹着一只致命的钓钩。"

小鱼问:"妈妈,如何判断美味里有没有钓钩呢?"

大鱼语重心长地说:"孩子,天下没有免费的午餐,任何获得都需要付出一定的代价。如果你看到某种东西,味道又美,又似乎不用付出任何代价,那么,钓钩很可能就藏在里面。"

在很小的时候,我们就知道:在饭店吃饭要付钱,在商店买东西要付钱……总之,你要想得到一样东西就必须得付出一定的代价。然而,在现实生活中,这个道理虽然人人都懂,但人们或多或少却总存在这样的心理:不付出或付出很少就想得到大的收获。

要知道,付出和收获永远是成正比的,任何的获得都是付出辛劳的结果。

曾听过这样一个故事：数百年前，一位聪明的老国王召集了聪明的大臣，交代了一个任务："我要你们编写一本《各时代的智慧录》，流传给子孙。"这些大臣离开国王后，工作了很长一段时间，最后完成了一本12卷的巨作。老国王看了后说："各位先生，我确信这是各时代智慧的结晶。然而它太厚了，我怕人们不会去读它。把它浓缩一下吧！"于是，这些大臣经过长期的努力工作，几经删减后，把12卷浓缩成了一卷书，然而老国王还是认为太长了，又命令他们继续浓缩。这些大臣只好把这卷书浓缩为一章，浓缩为一页，浓缩为一段，最后浓缩为一句。老国王看了这句话后感到很满意，说："各位先生，这真是各时代智慧的结晶，并且各地的人一旦知道这个真理，我们担心的大部分问题就可以解决了。"这句千锤百炼的话是："天下没有免费的午餐。"

这个故事告诉我们一个简单的道理：没有付出就没有收获。任何事情都不是随便就可以获得成功的，必须要付出一定的代价。

不管是诱人的鱼饵，还是经过千锤百炼得到的格言，都说明不劳而获的心理是致命的。不劳而获是一种毒药，它既毒害人的肉体，也毒害人的心灵。

俗话说，"一份耕耘，一份收获"，要想有所收获，就一定得付出辛劳。虽然有时候付出不一定会有收获，但是不付出却永远不会有收获。我们只有默默地去付出，默默地去耕耘，才能期盼最后的收获。即使付出得不到收获，但是只要努力奋斗了，心中就不会有太多的遗憾！

尊重是一种品质

摘编 / 洁洁

有一次，拿破仑·希尔带着他的两个儿子——小拿破仑和詹姆斯来到公园，去喂园里的小鸟和麻雀。小拿破仑去时买了一袋花生，詹姆斯去时买了一包"乖乖"。到公园后，詹姆斯突然想到要拿点花生喂小麻雀。他在没有得到小拿破仑的允许下，就自己凑过去从袋子里抓了一小把花生。让他没想到的是，小拿破仑立刻对他施予"报复"——一拳打在詹姆斯的下巴上，詹姆斯大哭起来。

拿破仑·希尔看到这一幕后，并没有责备小拿破仑，而是对詹姆斯说："儿子，你拿花生的态度不对。打开你的'乖乖'，拿一些给小拿破仑，看看有什么结果。"

接下来，发生了一件很不平常的事，当詹姆斯把"乖乖"递过去时，小拿破仑尚未伸手接"乖乖"，就坚持要先把他的一些花生倒进詹姆斯的外衣口袋里。

如果把小拿破仑和詹姆斯的冲突加以分析，就不难发现冲突产生的原因是因为彼此间没有沟通而产生了隔阂，由隔阂而犯忌，由犯忌而矛盾。很多时候，发生争执的双方大都没有恶意，仅仅因为缺乏沟通或者不愿意让步，才酿成最后的冲突。这种对双方都不利的局面我们称之为"双输"。这个时候，如果一方冷静地分析问题，并指出误会或者主动提出让步，就可以避免这种"双输"的后果。

这种缺乏沟通或者不愿意让步的根源就在于缺乏尊重。人都有一种被尊重的意愿，所谓的"人活一张脸"也是这个道理。

说到这里，我就想到看过的另一则小故事：某纽约商人看到一个衣衫褴褛的铅笔推销员，出于怜悯，他塞给那人一美元。不一会儿，他返回来，从铅笔推销员那儿取出几支铅笔，并抱歉地解释自己忘取笔了。几年以后，他们再次相遇，那位卖笔的推销员已成为事业有成的推销商了，他对当初给他一美元的纽约商人说："是你给了我自尊，告诉我，我是个商人。"

纽约商人回来取笔的小细节，不仅仅表现了他为人谦卑的品质，更表现出他发自内心的对他人的尊重。尊重他人是一种美德，尊重可以使被尊重的人树立起自尊，找回自信，更能让被尊重的人看到自己的长处和优势，并且通过自己的努力而获得成功。

尊重是一种修养，一种品格，一种对别人不卑不亢、不仰不俯的平等相待，一种对他人人格与价值的充分肯定。任何人都不可能尽善尽美，完美无瑕。我们没有理由以高山仰止的目光去审视别人，更没有资格用不屑一顾的神情去嘲笑别人。

其实，"自尊"与"尊重别人"是一件事，当你不能对别人表现出尊重的时候，就会被人看不起，也会伤到自尊。只有真正尊重别人的人才能够被别人所尊重，只有懂得尊重别人的人才能体会到被别人真正尊重的滋味。人与人之间互相尊重了，关系自然顺畅了，构建和谐也就顺其自然了。古人云"敬人者，人恒敬之"就是这个道理，构建和谐就从尊重别人开始吧。

微笑是最好的名片

摘编/阮文盛

20世纪30年代,一位犹太传教士每天早晨,总是按时到一条乡间土路上散步。无论见到任何人,总是微笑着打一声招呼:"早上好!"

其中,有一个叫米勒的年轻农民,对传教士这声问候,起初反应冷漠。在当时,当地的居民对传教士和犹太人的态度是很不友好的。然而,年轻人的冷漠,未曾改变传教士的热情,每天早上,他仍然给这个一脸冷漠的年轻人道一声早安。终于有一天,这个年轻人脱下帽子,也向传教士道一声:"早上好!"

好几年过去了,纳粹党上台执政。

一天,传教士与村中所有的人,被纳粹党集中起来,送往集中营。在下火车列队前行的时候,一个指挥官在前面挥动着棒子,叫道:"左,右。"被指向左边的是死路一条,右边的则还有生还机会。

传教士的名字被这位指挥官点到了,他浑身颤抖,走上前去。当他无望地抬起头来,目光一下子和指挥官相遇了。

传教士习惯地微笑着脱口而出:"早上好!"

指挥官虽然没有过多的表情变化,但仍禁不住还了一句问候:"早上好!"声音低得只有他们两人才能听到。最后,传教士被指向了右边——生还。

传教士的微笑感动了无情的纳粹分子,从而为他赢得了生存的机

会。由此可见，学会微笑着生活，不但会增加亲和力，让别人更乐于与你交往，同时，也能让你得到更多的机会。

有研究表明，在人际关系与心理沟通中，一项最简单、最有效的沟通技巧，就是微笑。

微笑是上帝赐给人类的专利，是通向友谊之门，如果我们想要发展良好的人际关系，建立积极的心态，那么我们非要学会微笑不可。

英国有句谚语："一副好的面孔就是一封介绍信。"微笑能让对方内心产生温暖，引起对方的共鸣，并加深双方的友情。微笑是一种含意深远的身体语言，微笑可以鼓励对方的信心，可以融化人与人之间的陌生和隔阂。面对一个微笑着的人，你会感到他的自信和友好，同时这种自信和友好也会感染你，使你油然而生出自信和友好，使你和对方亲切起来。

微笑是一种修养，真正懂得微笑的人，总是能获得比别人更多的机会，也比别人更容易取得成功。微笑能给自己一种信心，从而更好地激发潜能。微笑是人生最好的名片，谁不希望跟一个乐观向上的人交朋友呢？

微笑的实质是亲切，是鼓励，是温馨，是关怀，同时，微笑也是对他人的尊重，是对生活的尊重。你对别人的微笑越多，别人对你的微笑也会越多。从现在开始，让我们学会微笑吧。

与人和睦相处的秘诀

摘编 / 方方

一把坚实的大锁挂在大门上,一根铁棒费了九牛二虎之力,还是无法将它撬开。钥匙来了,他瘦小的身子钻进锁孔,只轻轻一转,那大锁就"啪"的一声打开了。铁棒奇怪地问:"为什么我费了那么大力气也打不开,而你却轻而易举地就把它打开了呢?"

钥匙说:"因为我最了解他的心。"

每个人的心,都像上了锁的大门,任你用再粗的铁棒也撬不开。唯有理解、关怀和体贴,才能把自己变成一把细腻的钥匙,进入别人的心中。在生活中,如果你想获得别人真心的支持、配合和尊重,你就必须要先学会理解、关怀和体贴别人。

曾在网上看到过这样一个故事:日本一家公司曾经想收购一片土地用来扩大营业,那片土地属于一个寡居多年的老太太,无论是公司董事长还是地方政府出面,老太太都不答应。一天,下着大雨,老太太怒气冲冲地走进公司大楼,准备警告这家公司别再派人去烦她。

此时,公司的一名下级职员见老太太湿淋淋的,马上为她拿来一双拖鞋换上,随后递给她一块干毛巾擦头发,最后还端来一杯热茶让老太太喝。老太太说:"你知道我是谁吗?知道我来干什么吗?"那职员回答说:"不管您是谁,也不管您要做什么,既然您走进这个大厅,我就应该这样为您服务。"

听了这些话,老太太没再说什么。思考片刻走进了总经理办公室,对他说:"我同意卖那块地,但不是因为您,而是因为您公司的那位员工。她待一个陌生人如此好,相信有这样员工的公司肯定会大有作为。所以,我愿意把地卖给你们。但我有一个要求,今天大堂那位员工,您必须提拔她。"

从以上故事中可以看出,关心和体贴别人不但不会贬低自己的身份,反而更能显出你的人品,为你的人生铺平道路。

小时候,"龟兔赛跑"的故事我们都读过,自然明白谦虚是做人的优点。但实际上,我们经常会遇到这样的一些人,他们有才华有能力,同时又满怀抱负和追求,生怕自己的能力不为人所知,处处喜欢表现自己。希望以此来获得别人的钦佩和尊重,但结果却常常事与愿违,只能让别人对他敬而远之。

在生活中,如果要想使自己成为一个受欢迎的人,就需要做人谦虚些,懂得谦让和接受他人意见,懂得关心和体贴他人。只有这样,才能做到与别人和睦相处。与人和睦相处是融洽的人际关系的一个具体表现,也是良好的人际交往能力的具体体现。

谦虚的人,往往喜欢以自己的短处与别人的长处相比。谦虚并不意味着否定自己或是不肯定成绩,而是在对自己所取得的成绩本身有一个正确的估价后,对成绩的一个清醒而客观的认识。

由此可见,与人和睦相处的秘诀就是理解、关怀、体贴和尊重。

人际关系的好坏,往往决定一个人的命运。要想拥有一个良好的人际关系,首先就要学会理解别人,要站在对方的立场,理解对方的思维、行为和做法。另外,还要学会赞美别人的优点。每个人都有被赏识的渴望,能够及时发现并真诚地赞美别人的长处,将会受到大家的欢迎。

成功并不像你想象的那么难

摘编 / 金胜政

1965年,一位韩国学生到剑桥大学主修心理学。在喝下午茶的时候,他常到学校的咖啡厅或茶座听一些成功人士聊天。这些成功人士包括诺贝尔奖获得者、某些领域的学术权威和一些创造了经济神话的人,这些人幽默风趣、举重若轻,把自己的成功都看得非常自然和顺理成章。时间长了,韩国学生发现,在国内时,他被一些成功人士欺骗了。那些人为了让正在创业的人知难而退,普遍把自己的创业艰辛夸大了,也就是说,他们在用自己的成功经历吓唬那些还没有取得成功的人。作为心理系的学生,他认为很有必要对韩国成功人士的心态加以研究。

1970年,他把《成功并不像你想象的那么难》作为毕业论文,提交给现代经济心理学的创始人威尔·布雷登教授。布雷登教授读后,大为惊喜,他认为这是个新发现,这种现象虽然在东方甚至在世界各地普遍存在,但此前还没有一个人大胆地提出来并加以研究。惊喜之余,他写信给他的剑桥校友、当时正坐在韩国政坛第一把交椅上的人朴正熙。他在信中说,"我不敢说这部著作对你有多大的帮助,但我敢肯定它比你的任何一个政令都能产生震动。"

后来这本书果然伴随着韩国的经济起飞了。这本书鼓舞了许多人,因为它从一个新的角度告诉人们,成功与"劳其筋骨,饿其体肤""三更灯火五更鸡""头悬梁,锥刺股"没有必然的联系。只要你对某一事业感兴趣，长久地坚持下去就会成功，因为上帝赋予你的时间和智慧够你圆满做完一件事情。后来，这位青年也获得了成功，他成了韩国泛业汽车公司的总裁。

很多事情并不是因为难，我们才不敢做，而是因为我们不敢做，才使事情看起来很难。人世中的许多事，只要想做，都能做到，该克服的困难，也都能克服，用不着什么钢铁般的意志，更用不着什么技巧或谋略。只要一个人还在朴实而饶有兴趣地生活着，他终究会发现，造物主对世事的安排，都是水到渠成的。

说话的艺术

摘编 / 李渡

语言是人们沟通信息、交流思想、联络感情、建立友谊的桥梁，也是人们表达意愿和思想感情的媒介和符号，是一个人道德情操、文化素养的反映。在与他人交往中，如果能做到言之有礼，谈吐文雅，就会给人留下良好的印象；相反，如果满嘴脏话，甚至恶语伤人，就会令人反感讨厌。

俗话说，"良言一句三冬暖，恶语伤人六月寒。"一句善意的话，即使是在最寒冷的严冬也会让人感到很温暖，而一句刺人心骨的话，即使是在炎炎热浪的夏天也让人感到心寒。

周润发年少时因家境贫困而辍学，不得已去酒店当了服务生。一天，他给某富商擦洗一辆超豪华的劳斯莱斯轿车，因打开车门摸了摸那晶亮的方向盘，便遭到酒店领班的恶毒训斥："干什么？你这种人下辈子也休想坐上劳斯莱斯！"这句轻蔑的训斥，深深地刺伤了周润发的心，他暗暗发誓：这辈子我一定要拥有一辆劳斯莱斯！此后，经过若干年的奋斗，周润发成了香港影视界的头号明星。他一口气买下五辆轿车，其中一辆就是劳斯莱斯。一次，他很偶然地驾车来到当年做服务生的那家酒店，见此，当年那个轻蔑他的领班羞愧得无地自容。

不文明的语言是一把双刃剑，不仅伤害别人，反过来也伤害自己，既毁了自己的形象，也丧失了别人对自己的尊重。作为一个有理智的

人，我们应当善说良言，力戒恶语。因为，有时一句不经意的抱怨，一句恶毒的话，甚至可以毁掉一个人的一生。

曾在网上看到过这样一个故事：一个刑期中的囚犯，在服劳役修路时，捡到1000元钱，他立即把钱交给监管警察。没想到监管警察却满脸鄙夷地对他说："拿自己的钱变着花样来讨好，企图找资本减刑，你少来这一套！"

这话让囚犯心灰意冷，让他感觉到这世上没人再相信自己了。这天晚上，这名囚犯越狱了。在逃亡的途中，他大肆抢劫，并登上了开往边境的火车。由于火车太挤，他只得站在厕所门口。这时，有位十分漂亮的姑娘上厕所，关门时发现厕所的门扣坏了。这个姑娘十分礼貌地对囚犯说："先生，你能为我把门吗？"

囚犯先是一愣，然后又看了看姑娘纯洁无邪的脸，他庄重地点了点头，像一位忠诚的卫士似的，把守着门。就因为姑娘这句话，囚犯突然改变了主意。在下一站，他下车到派出所投案自首。

从这个故事中可以看出，警察一句粗暴的话语，差点让一颗良知尚存的心灵彻底毁灭；而姑娘一句充满信赖的话语，又使一个正在沉沦的灵魂得到拯救。

说话能体现出一个人的文化素养和道德品德，所以，作为一个文明的现代人，在日常生活中，我们一定要加强自身修养，要多学习说话的艺术，努力做到言之有礼、谈吐文雅。

像有钱人一样思考

摘编 / 夏家龙

时常听到人们感叹：为什么同样是个人，有人显达、富有、成功，有人平庸、穷困、失败？在我们身边，也经常看到那些希望摆脱贫困成为有钱人的人，却只能在茫茫无际的贫穷生活中挣扎。

那么，为什么他们不能成为有钱人呢？这个问题让我想到了木桶定律——一只木桶盛水的多少，取决于最短的木板，而与最长的木板无关。

由木桶定律我们可以知道，人生的失败往往由自己的思维上的"短板"所致。穷人之所以穷，是因为他们没有富人的思想；穷人之所以穷，是因为他们有太多让他们贫穷的品行和坏习惯。从某种意义上说，穷人的思想、品行、习惯正是他们的"短板"，这些"短板"让他们与富人之间拉开了距离，从而也拉开了他们与财富的距离。

在这里，再给大家讲一个老掉牙的故事，是关于两个业务员被分配到非洲去卖鞋的故事。第一个人说：天哪，非洲人根本不穿鞋。而第二个人说：太好了，非洲人都还没有鞋子穿。结果，第一个人失败而归，第二个人则想法引导非洲人购买皮鞋，最后大发其财。

致富是一场心理游戏。有钱人专注于机会，穷人专注于障碍。有钱人玩金钱游戏是为了赢；穷人玩金钱游戏是为了不要输。有钱人相信："我创造我的人生。"穷人相信："人生发生在我身上。"这大概就是有

钱人之所以有钱或成功的秘密吧。

由此可见，只要穷人改变了思维模式，学会像富人一样思考，在脑子里把穷人的思维程序删除，重新安装富人的思维模式，那么，穷人很快就能成为富人，并能够像富人一样地生活了。

有句俗语这样说："不会挣钱一时穷，不会计划终身穷。"所以，如果你想加入有钱人的行列，当务之急就是对自己进行一次彻彻底底的改造。虽然在当前你可能还并不是一位有钱人，但一定要培养自己致富的欲望，学会像有钱人那样去思考，并借鉴他们生活中的一些细节，或许幸运之神就会很快来到你的身边。

打破固有的思维定式

摘编 / 毛窝

在生活中,我们总是经年累月地按照一种既定的模式运行,从未尝试走别的路。人一旦形成了习惯的思维定式,就会习惯地顺着定势的思维思考问题,不愿也不会转个方向、换个角度想问题,这是很多人的一种愚顽的"难治之症"。很多人走不出思维定式,所以他们走不出宿命般的可悲结局;而一旦走出了思维定式,也许可以看到许多别样的人生风景,甚至可以创造新的奇迹。

曾看到过这样一个故事:

在伦敦的一条大街上,住着三个手艺不错的裁缝。但因为离得太近,所以生意上的竞争非常激烈。为了能够吸引更多的顾客,裁缝们纷纷在门口的招牌上做文章。

一天,一个裁缝在门前的招牌上写道:"伦敦城里最好的裁缝。"结果吸引了许多顾客光临。看到这种情况以后,另一个裁缝也不甘示弱,他在门口就挂出了"全英国最好的裁缝"的招牌,结果也招揽了不少顾客。

第三个裁缝开始郁闷了,前两个裁缝挂出的招牌吸引走了大部分的顾客。如果不能想出一个更好的办法,生意很可能就会越来越差。但是,什么词可以超过"全伦敦和全国"呢?如果用"全世界最好的裁缝"的招牌,会让人感到虚假。正当第三个裁缝愁眉不展的时候,他儿

子放学回来了。当儿子知道父亲发愁的原因以后，他让父亲在他们的招牌上写上这样几个字：本街道最好的裁缝。结果，第三个裁缝店吸引来更多的顾客。

裁缝的儿子别出心裁，利用街道的"小"来做文章，并最终取得了竞争的胜利。因为在全城市或者全国，他们不一定是最好的，但在街道的这个特定区域里，他们是最好的。

在人生的道路上，人们总要经历无数次的抉择，每一个抉择都会给我们带来不同的人生。面对抉择时，只要你能打破墨守成规的思维定式，那么，成功与奇迹就有可能在你身上发生。

多年以前，丰田公司发现世界上有许多人想购买奔驰车，但由于定价太高而无法实现。于是，丰田公司的工程师放手开发凌志汽车。丰田公司在美国宣传凌志时，将其图片和奔驰并列在一起，用大标题写道：用36000美元就可以买到价值73000美元的汽车，这在历史上还是第一次。

经销商还列出了潜在的顾客名单，并送给他们，内装展现凌志汽车性能录像带的精美礼盒。录像带中有这样一段内容：一位工程师分别将一杯水放在奔驰和凌志的发动机盖上，当汽车发动时，奔驰车上的水晃动起来，而凌志车上的水却没有动，这说明凌志发动机行驶时更平稳。

奔驰公司面对凌志汽车的挑战，开始重新考虑定价策略。但奔驰公司并没有采取跟随降价的办法，而是相反提高了自己的价格。奔驰公司这样解释：奔驰是富裕家庭的车，和凌志不在同一档次。奔驰公司认为，如果降价，就等于承认自己定价过高，虽然一时可以争取到一定的市场份额，但却会为此失去市场忠诚度，消费者会转向定价更低的公司；如果保持价格不变，其销售额也会不断下降。只有提高价格，增加更多的保证和服务，例如免费维修6年，才能巩固奔驰原有的地位。

就这样，奔驰公司不是跟随和盲从，而是以超常思维和手段，化被动为主动，摆脱了来自凌志的挑战。

突破常规，以超常思维来解决新问题，往往能使企业不断获得新的商机。当然，在生活的其他方面，我们也可以出其不意、独辟蹊径地解决问题。

第二次世界大战后，美国建筑业迅速发展，大街小巷到处可以见到招募砖瓦工的张贴广告。一时间砖瓦工人走俏，因此薪水也不断提高。一位曾经当过砖瓦工的青年听说城里以高薪招募工人，便决定从乡下进城去找份工作。

当他看到四处贴着招聘砖瓦工的广告后，突然有了主意。他立即返乡筹措了一笔钱，然后又回到城里租了个小店。在店门口，打出了自己的广告"培训砖瓦工"。许多想要当砖瓦工却苦于没有技术的人，知道这个消息后纷纷涌来学技术。毋庸置疑，青年因打破思维定式，换了个角度选择，改就业为创业，不但赚了大笔钞票，而且经营起了自己梦寐以求的建材市场产业，解决了不少人的就业难题。

由此可见，不按常规办事有可能是一着险棋，但一旦走出了思维定式，就可以看到许多别样的人生风景，甚至可以创造新的奇迹。

在现实生活中，遇到问题时，只要我们肯动脑筋，突破固有的思维模式，换个位置，换个角度，换个思路，也许在我们面前就会出现一番新的天地。

感谢你的对手

摘编 / 李畈

一位动物学家对生活在非洲大草原奥兰治河两岸的羚羊群进行过研究。他发现东岸的羚羊群的繁殖能力比西岸的强，奔跑速度也不一样。为什么会有这些差别，这位动物学家百思不得其解，因为这些羚羊的生存环境和属类都是相同的，饲料来源也一样。

有一年，他在动物保护协会的协助下，在东西两岸各捉了10只羚羊，把它们分别送往对岸，结果运到西岸的10只羚羊一年后繁殖到14只，而送到东岸的10只羚羊最后只剩下3只，其余7只全被狼吃掉了。这位动物学家终于明白了，东岸的羚羊之所以强健，是因为它们附近生活着一个狼群；西岸的羚羊之所以弱小，是因为缺少这么一群天敌。

没有天敌的动物往往最先灭绝，有天敌的动物则会逐步繁衍壮大。大自然中的这一现象在人类社会也同样存在。

康熙大帝在执政60周年之际，举行"千叟宴"以示庆贺。在宴会上，康熙敬了三杯酒，第一杯酒敬孝庄太皇太后，感谢孝庄辅佐他登上皇位，一统江山；第二杯酒敬众大臣和天下万民，感谢众臣齐心协力尽忠朝廷，万民俯首农桑，天下昌盛；当康熙端起第三杯酒时说："这杯酒敬我的敌人，吴三桂、郑经、丹葛尔丹，还有鳌拜。"宴会上的众大臣目瞪口呆。康熙接着说："是他们逼着我建立了丰功伟绩，没有他们，就没有今天的朕，我感谢他们。"

如果没有吴三桂这些敌人，康熙会有一番丰功伟绩吗？历史不能假设。但有一点可以肯定，对手总会给你带来压力，要想成为胜利者，你必须去努力，在"抗争的"过程中，你会不断提高自己，磨炼自己。

所以，在现实生活中，我们没有必去憎恨自己的"敌人"，因为真正促使你成功并让你坚持到底，真正激励你昂首阔步的，不是顺境和优裕，不是朋友和亲人，而是那些常常让你厌烦无比的对手。

对手就像一面镜子，如果你希望在镜子里看到自己的成功与笑容，那么你又怎么能在竞争中有丝毫懈怠？对手，更像是一处路标，他指引你不断努力，朝成功的终点大步前进。这就如同是一场比赛，因为有了优秀的对手存在，比赛的本身才会更加精彩，成功的意义也更耐人寻味。

生活中处处可看到竞争，而正因为有竞争，才使得麦当劳和肯德基遍地开花，才使得可口可乐和百事可乐取得惊人的成就。感谢你的对手，因为竞争使你居安思危，竞争使你马不停蹄，竞争使你勇敢超越，竞争也使你更加强大。

机遇只青睐有准备的人

摘编 / 王杰

随着社会的竞争越来越激烈,如何创造机遇,把握机遇,走向成功,这是很多人都在思考的事。不过,大多数人喜欢把事情的成败归结为运气的好坏。这其实是一个很大的认识误区。试想一下,如果把事情的成败全都归结为运气的好坏,那就等于否定了人为努力的作用,其结果必然将禁锢人们奋力拼搏的手脚,助长人们消极等待的情绪。

虽然一个人的成败和机遇有很大的关系,但是要知道,机遇只青睐有准备的人。

在18世纪,印刷厂大多是手工小作坊。作坊主往往同时也是印刷工。有个叫安德鲁·布莱德福特的人,手里有一份让所有印刷商眼红的合同——他包揽了所有印制宾夕法尼亚州政府文件和宣传品的活儿。虽然布莱德福特的印刷厂秩序混乱,印刷质量不高,但因为有了这份合同,让他感觉高枕无忧。

一次,一位宾州政府官员要在大会上宣读一篇重要的致辞,要求布莱德福特为他印制发言稿。布莱德福特又和从前一样,把文件马马虎虎排版,草草地印刷出来。另一名年轻的印刷商,注意到布莱德福特的弱点,知道他一直等待的机会来了。于是,这个年轻人找来官员致辞的原稿,费尽心思地把版式设计得优美大方,又严谨地依照原稿一遍遍核对印刷品上的字。然后他把自己印制的内容精确、样式美观的致辞,送到每位政府官员手里，同时附上自己对官员致辞的见解。另外，他还给每位参加会议的人也发了一份，并在致辞后面附上一段话，感谢他们对宾州的关心。

第二年，政府和这个年轻人签订了印刷合同。这个年轻人就是本杰明·富兰克林。富兰克林懂得等待时机，更懂得如何利用它，所以获得了巨大的成功。

一个人要想获得成功，固然需要机遇，但机遇不过起一个催化剂的作用而已，真正起主导作用的还在于个人的能力，在于个人自身的奋发努力。

如果是一个能力差、水平低的人，即便是机遇摆在面前，他也往往不得而知；而能力强、水平高的人，则常常能在别人压根儿就看不到机遇的地方发现机遇。可见，凡事的成功，毕竟还是"成事在人"，而绝非"成事在天"，换句话说，机遇只青睐有准备的人。

我们要明白：良好的准备是灯塔，能为迷失航向的船只指明方向；良好的准备是基石，能为想要获取成功的人士垫起台阶。所以，我们应该谨记：良好的准备是我们走向成功的基础。

要什么样的人生全看你自己

摘编 / 闫力

人生，是一局落子无悔的棋，是一场人喧鼓响的戏，是一种波涛万重的海。虽然我们每一个人都是生活中的平凡过客，但是，人生航线是由我们来掌舵的，要什么样的人生全看我们自己。

一位刚刚大学毕业的青年人把电话打进电视台晚间节目热线，向嘉宾请教人生的真谛。嘉宾是一个很年轻的作家，所以面对嘉宾，青年人的口吻充满了羡慕之情，他说："你这么年轻就出了这么多书，应该是很幸福很成功了吧！可是我比你大，却什么都没有！我感到很苦恼，很悲哀，你能告诉我该怎么办吗？"

嘉宾沉默了一会儿，说："我不知道你现在的生活处于什么样的状态，但我想说的是成功并不等于幸福，而且每个人对成功的理解都不一样。我很年轻，我出了书，这些都是事实。可是你们只看到了我光辉的一面，其实，要什么样的人生全看你自己。"

亚里士多德曾说过："人生的最终价值，在于觉醒和思考的能力，而不在于生存。"在这个充满压力与竞争的社会里，我们虽然活得很艰苦，但觉醒与思考让我们渐渐地懂得：拯救自己的只能是自己，而不是别人，哪怕是菩萨再世、耶稣亲临，也不能帮助任何人摆脱窘境。做好自己，才能做好一切。

曾经看过这样一则新闻：英国一小男孩，今年5岁，酷爱玩具，并表示一生要与玩具打交道。他的这一愿望,得到了大人的支持。小男孩写了一封信给加拿大某玩具商,并寄去了自己的一个玩具设计图。不久前,正好英国举办了一个国际玩具展。那位加拿大玩具商也来到了英国,亲自约见了小男孩,还让小男孩陈述了自己的玩具设计意图。那位玩具商告诉小男孩:完善自己的设计,2008年将以玩具设计师的名义邀请他去加拿大。届时,小男孩将成为世界上最年轻的玩具设计师。

这就是说,只要不发生意外,小男孩终生与玩具打交道的理想就会成为现实。小男孩的事迹向我们深刻表明:要什么样的人生全看你自己!

有人说,人生最幸福的事情有两件:一是干自己感兴趣的事;二是在干自己感兴趣的事情时,尽量挣点钱。

你想让自己成为最幸福的人吗?那么,就请把握好自己的人生方向,做最好的自己!

对小事的态度决定你能否成功

摘编 / 小颖

曾看过这样一个真实的报道：

午后，由于瞬间的倾盆大雨，行人们纷纷进入就近的店铺躲雨。一位老妇也蹒跚地走进费城百货商店避雨。面对她略显狼狈的姿容和简朴的打扮，所有的售货员都对她视而不见。

这时，一个年轻人诚恳地走过来对她说："夫人，我能为您做点什么吗？"老妇人莞尔一笑："不用了，雨停后，我马上就走。"老妇人随即又不安起来，不买人家的东西，却借用人家的屋檐躲雨，似乎不近情理。于是，她打算买个小饰物。

那个年轻人看出老太太的心思后，又走过来说："夫人，您不必为难，我给您搬了一把椅子，放在门口，您坐着休息就是了。"两个小时后，雨过天晴，老妇人向那个年轻人道谢，并向他要了张名片，就走出了商店。

几个月后，费城百货公司的总经理詹姆斯收到一封信，信中要求他将这位年轻人派往苏格兰收取一份装潢整个城堡的订单，并让他承包对方家族所属的几个大公司下一季度办公用品的采购订单。詹姆斯惊喜不已，匆匆一算，这一封信所带来的利益，相当于他们公司两年的利润总和！

后来，经过联系调查，才知道这封信出自一位老妇人之手，而这位老妇人正是美国亿万富翁"钢铁大王"卡内基的母亲。詹姆斯马上把这位叫菲利的年轻人,推荐到公司董事会上。毫无疑问,当菲利准备行装飞往苏格兰时,他已经成为这家百货公司的合伙人了。那年,菲利22岁。

随后的几年中,菲利以他一贯的忠实和诚恳,成为"钢铁大王"卡内基的左膀右臂,事业扶摇直上、飞黄腾达。

菲利只用了一把椅子,就轻易地成为美国钢铁行业仅次于卡内基的富可敌国的重量级人物。可见,细节对一个人的成功是多么重要。

《细节决定成败》一书中有这样一段话:"芸芸众生能做大事的实在太少,多数人多数情况下只能做一些具体的事、琐碎的事、单调的事。也许过于平淡,也许鸡毛蒜皮,但这就是工作,是生活,是成就大事的不可缺少的基础。"

当我们不断地从每一件小事中取得成功,并长期坚持下去,这些成功就会逐渐扩大成为大事的成功。所以,只有考虑到细节、注重细节的人,才会认真对待工作,将小事做细,并懂得在做事的细节中找到机会,从而使自己走向成功。

人生需要适当的冒险精神

摘编 / 张保

每个人都希望有一个能够展示自己的舞台。可是，由于人天生的惰性，即便有一些冒险和创新的念头从头脑里闪过，也会因为怕麻烦和怕担风险而不去实施。如果我们没有一点儿冒险精神，那么，一辈子只能做毫无建树的庸碌的人，只能做没有创造精神的墨守成规的人。

摩洛·路易斯是美国电视新闻的先驱，19岁时，他跟随家人迁到纽约。不久，他在一家广告公司谋到了一份差事，每周14美元的薪酬。那时摩洛·路易斯经常跑外勤，四处奔波，工作非常忙碌。6点下班以后，他还要到哥伦比亚大学上夜校，主修广告学。有时，由于没完成当日的工作，下课后他还要从学校赶回办公室继续完成工作，经常从晚上11点一直工作到第二天凌晨2点才能入睡。

20岁那年，他毅然辞掉了广告公司颇有发展前景的工作，决心自己独闯一番事业。于是，他开始了人生中的第一次冒险。他从事创意的开发——主要是说服各大百货公司，通过CBS电视公司成为纽约交响乐节目的共同赞助商。当时，电视处于起步阶段，还没有普及，所以人们很难接受它。摩洛·路易斯遇到了前所未有的困难，几乎所有人都认为他不会取得成功，但他仍旧信心百倍地进行说服工作。

后来，工作有了相当进展：一方面，摩洛·路易斯的创意很受欢迎，他与很多家百货公司签成了合约；另一方面，摩洛·路易斯向CBS电台提出的策划案也被顺利接受。成功已近在咫尺了，但此事却由于合约存在的一些小问题而中途流产。但这并没使他一蹶不振，就在这件事结束之后不久，一家公司聘请他担任纽约办事处新设销售业务部门的负责人，薪水相当可观。此后，摩洛·路易斯在这家公司充分发挥自己的潜力，施展了自己的才华。

几年后，摩洛·路易斯又回到久别的广告业，担任承包华纳影片公司业务的汤普生智囊公司的副总经理，开始了他人生中的第二次冒险，投身电视界，而由他们公司所提供的多样化综艺节目也为CBS公司带来了空前的效益。摩洛·路易斯的这次冒险并不是孤注一掷的，而是看准后才下赌注的。最初两年，他仅是纯义务性地在"在街上干杯"的节目中帮忙，没想到竟使该节目大受欢迎。它的播映从未间断过，这在竞争激烈的电视界内创造了一个奇迹。

可见，大凡成功的人都具有一定的冒险精神，世界上没有任何一件事情是没有风险的。应该说，风险越大，利润就越大。只有透过风险抓住财富的人，才是成功的先行者。有位富翁说过，哪里有风险，哪里就有商业利润。从某个角度讲，风险也就是机遇，凡是充满财富的商业机遇，都是隐藏在风险的阴影之中的。

当然，冒险不是冒进，冒险是勇气的外在表现，而冒进则是纯粹的蛮干和瞎干。

古时候，有个樵夫遇到一位哲人，就问他：先生，请你告诉我，什么是冒险，什么是冒进。哲人想了想，指着树木深处的一个洞说，假如那个洞里有黄金，你要到洞里去得到它，而这个洞又是一个狼洞，那么你就是在冒险；如果这个洞里没有黄金，只有干柴，那么即使是一个狗洞，你要进去得到它也算是冒进。

由此可见，冒险是一种经过危险可以得到对自己有价值的东西的行为；而冒进则是经过危险也根本不可能得到，或者虽然得到了但对自己

意义不大的行为。

香港富豪霍英东总结他成功的秘诀说:"能为人之不能为,敢为人之不敢为,即敢走别人没有走过的路。"在实际的生活中,他也就是这样凭借着自己敢于冒险而不是冒进的精神,由一个渡轮的加煤工逐渐成为香港的超级富豪的。

在人的一生中,为了让生命更加精彩,我们需要这种冒险精神!

善于听取别人的建议

摘编 / 张冉

善于听取别人的意见,例来是事业成功的先决条件。在中国古代,拥有智慧的都是善用智士之言的人。比如,汉高祖刘邦作为一代优秀政治家,他不仅善用人才,而且还善于听取对自己有利的建议,这使得他在和项羽的斗争中少走了很多弯路。

公元前206年,刘邦率领自己的大军,越过千山万水,经过一年多的艰苦战斗,终于进入关中,拿下了咸阳。当刘邦以胜利者的身份走入咸阳的秦朝宫室时,一下子就"晕"了。布衣出身的刘邦,做梦都没有想到过,天下竟然有如此多奇珍异宝,有这么豪华的建筑,有如此多超乎想象的待遇。因此,刘邦决定驻军咸阳,而他自己就住在咸阳宫室里。

就在这个时候,刘邦手下的大将樊哙说话了。他问刘邦:"主公,你是打算将来拥有天下呢,还是仅仅想当一个富翁?"

刘邦说:"当然是要拥有天下了。"

樊哙接着说,"秦朝宫室中的这些奢侈华丽之物,就是秦朝之所以灭亡的见证,我们怎么能够享用这样一些晦气的东西。我建议我们还是暂时撤出咸阳,驻军霸上。"

听了樊哙的话,刘邦有些不高兴。

待在一旁的张良把这一切看得很清楚。张良紧接着问了刘邦一个问题:"主公,你认为我们今天拥有这一切的原因是什么呢?"

刘邦讲:"当然是我和大家一起拼搏奋斗的结果。不过,请大家放心,我不会亏待大家,这一点我心里有数。"

张良说:"主公误会我的意思了,我今天不是来讨封赏的。我只是要劝告主公。我们今天之所以能够胜利，奋斗只是一个方面。另外一个方面是秦始皇施行暴政，天下人都反对他。你眼前看到的这些奢侈的宫室和金钱美女就是秦朝灭亡的罪魁祸首。你今天如果真的入住秦朝宫室，天下人怎么看你，你的奋斗将受到天下人的质疑。你将失去天下人之心。更为重要的是，你今天仅仅是一名楚将，尚未被正式任命为关中之王，也没有得到天下诸侯的认可，在这种情况下，还是谦虚一些好。"刘邦一听，有道理，于是还军霸上。

楚汉战争时，刘邦率军东向讨伐项羽，决心与这位西楚霸王一争天下。队伍行进至洛阳新城，被一位自称董公的老人拦住。董公为刘邦献策说，"顺德者昌，逆德者亡"，行军打仗要师出有名。因此他建议刘邦公开为义帝发丧，兴仁义之师，伐有罪之人，这样天下军民必然群起响应。刘邦一听，恍然大悟，立即传令：大军就地驻扎，搭设灵堂，为义帝发丧。他还借此机会，列举项羽逼迫义帝的种种罪行，号令天下有识之士群起讨伐项羽。

一个人的智慧是有限的，只有不断地从别人的见解中吸取合理、有益的成分，以弥补自己的不足，才能减少失误，取得成绩。所以说，善于倾听别人的意见是每一个有志者必须具备的品格。

有成语云："兼听则明，偏听则暗。"早在汉代，王符在《潜夫论·明暗》中便说："君之所以名者，兼听也；其所以暗者，偏信也。"在《新唐书·魏徵传》和司马光的《资治通鉴》中也有类似的说法。

在善于听取别人意见上，唐太宗李世民表现得更甚，为了听人劝，把曾经建议害死自己的仇人魏徵高薪聘为谏议大夫。可以说，正因为李世民找一个故意给自己挑刺儿的人放在身边，所以才有了大唐的"贞观之治"。

世界上的事物错综复杂，人们受自身知识、经历、观念、涵养等因素的局限，难免在见解上有所缺失；如果能把多种意见集中起来，进行综合、比较、鉴别，从而去伪存真，舍其谬误，取其精华，自然就能更公正合理。

历史上，成大事者没有一个不是善于听取别人意见的人。所以，为人处事一定要听取多方面的意见，只有这样才能明辨是非，正确地认识事物。

能屈能伸大丈夫

摘编 / 燕子

能屈能伸大丈夫，是说人在逆境中能忍受屈辱，在顺境中能施展抱负。俗话说，"吃得苦中苦，方为人上人。"说的就是要想干一番事业，在锲而不舍的同时，还要学会忍辱负重。

被后人尊称为"太史公"的著名史学家司马迁，为战败投降匈奴的大将李陵辩护，被汉武帝打入大牢。在牢狱里面司马迁受尽酷刑折磨和凌辱，由于家中贫困，没有钱救赎，他最后惨遭令人极为羞耻屈辱的腐刑。出狱后司马迁虽仍任中书令，但被人们所轻视，朋友们都疏远他。在环境如此险恶的情况下，司马迁并没有因此而消磨自己的意志，他心中仍一如既往地坚守着自己的人生信念，最终完成上起黄帝、下至汉武长达三千年历史的伟大著作——《史记》，成为人人敬仰的史学家。

观古今历史，但凡有成就的人莫不如此。如屈原、左丘明、孙子、韩非子、越王勾践等，都是在屈辱和落魄中发愤成就大器的。

但在现实生活中，有些人自恃颇高，处事锋芒毕露，不留余地，待人咄咄逼人，有十分的才能与聪慧，就十二分地表现出来。其实，在错综复杂的社会中，刻意炫耀才能，不仅会招来别人的妒忌，并且会被认为是轻浮。这种人就算有一定的才能，在人生旅途上也会屡遭波折。

西汉著名大将韩信，从小就失去了双亲。由于他既不会经商，又不愿种地，常常是吃了上顿没下顿，过着非常穷困而又备受歧视的生活。

为了活下去，韩信只好到当地的淮水钓鱼卖钱维持生活。有位洗衣服的老太太见他没饭吃，就把自己带的饭菜分给他吃。这样一连几十天，韩信备受感动，就对老太太说："总有一天我会好好报答你的。"

没想到老太太听了居然很生气地说："你是男子汉大丈夫，自己不能养活自己。我看你可怜才给你饭吃，并不指望你报答我。"韩信听了十分惭愧。

在韩信的家乡淮阴城，有些年轻人看不起韩信。有一天，一个少年看到韩信身材高大却常佩带宝剑，以为他是胆小，便在闹市里拦住韩信，说："你要是有胆量，就拔剑刺我；如果是懦夫，就从我的裤裆下钻过去。"这是明显地找茬儿羞辱韩信。

韩信想了想，然后一言不发，就从那人的裤裆下钻过去了。围观的人都哄然大笑，认为韩信是胆小怕死、没有勇气。其实韩信是一个很有谋略的人，当时社会正处于改朝换代之际，他专心研究兵法，练习武艺，只等机会到了好施展自己的抱负，所以才不愿跟小人一般计较。

公元前209年，全国各地反对秦朝统治的农民起义爆发了，韩信加入其中一支实力较强的军队。军队的首领就是后来成为下个朝代开国皇帝的刘邦。最初，韩信只是做了一个管押运粮草的小官，很不得志。后来他认识了刘邦的谋士萧何，两人经常讨论时事和军事，萧何认识到韩信是一位很有才能的人，于是极力向刘邦推荐韩信。但刘邦仍不肯重用韩信。

一天，心灰意冷的韩信悄悄离开刘邦的军队，准备投奔别的起义军。萧何得知韩信离开的消息后，没来得及向刘邦汇报，就赶忙骑马去追。

刘邦听说后，还以为二人逃跑了，十分生气。过了两天，萧何和韩信回来了，刘邦又惊又喜，责问萧何是怎么回事。

萧何说："我是为您追人去了。"

刘邦大惑不解："过去逃跑的将领有几十个，你都不去追，为什么单单去追韩信呢。"

萧何说："以前逃跑的将领都是平庸之辈，非常容易得到，而韩信是难得的奇才，哪能和他们相提并论呢。如果您想争夺天下，除了韩信您就再也找不到第二个同您计议大事的人了。"

刘邦并没因萧何这番话而看好韩信的才干，就随口说："那就让他在你手下做个将领吧。"

萧何说："让他做一般的将领，他未必肯留下来。"

刘邦想了想说："那就让他做一个大将军吧。"从此，韩信由一名运粮官变成了一位军事统帅。后来，为刘邦夺天下立下了汗马功劳。

本来胆大如斗的，却表现得胆小如鼠；本来足智多谋的，却表现得寡言讷语。正如古人所说，"大勇若怯，大智若愚"。智而示以愚，强而示以弱，能而示之不能，用而示之不用，其目的就是为了不卷进是非、不招人嫌、不招人嫉。难怪有人说："必须能忍受别人不能忍受的触犯和忤逆，才能成就别人难及的事业功名。"

不是说所有成大业的人个个都曾忍辱负重，而是说需要忍辱负重时，一定要忍辱负重。司马迁当时如果不能忍辱负重，后来又怎能成就如此的大业呢？人生在世，忍辱负重所表现的并不是懦弱，而是一种品格、一种姿态、一种风度、一种修养、一种胸襟、一种智慧，是做人的最佳姿态。欲成事者必先宽容于人，然后为人所悦纳、所赞赏、所钦佩，这是为人立世的根基。根基既固，枝繁叶茂，硕果累累；根基浅薄，枝衰叶弱，难经风雨。能屈能伸就是在社会上加固立世根基的绝好姿态。

亲情树

北方的夜

文 / 王淑荣

> 初次见到夜小寒,叶蓓便觉得她眼睛里有些什么异样的光,似乎是深邃不可琢磨,却又清澈得可以见到她的内心。
>
> ——题记

北方的夜,总是透着点神秘的气息,它总是在夏天的空气里给你一记寒冷的重拳,却又在冰冷的空间中吹开春天般的暖风。北方的夜,似乎喜欢与白天格格不入。叶蓓的童年,是在北方的白天与黑夜的争吵中度过的。

后来,在南方工作的爸爸把叶蓓接到南方上学。此后,叶蓓只能在过年的时间才能回到她魂牵梦萦的地方,平时她只能在记忆中看到北方的小院,被风吹动会变颜色的杨叶,那些在冬天的雪地里藏头不藏尾的笨山鸡,冬天里带着她在湖面上溜冰的邻家大哥哥……很多很多的记忆,她只能在无人的夜里,对着南方近乎温情的夜来怀念那些北方的日子。

初到南方的学校,叶蓓感到十分的拘谨,想不到能说会道的她竟然有不知怎么开口的时候。这件事要让邻家的哥哥知道的话,一定会成为他嘲笑她的理由。想到这,叶蓓在心里轻叹了口气。

叶蓓的新同桌是个女生,温婉如玉,是个典型的美人坯子。她大方地扯过叶蓓的本子，叫出声来："呀，你叫叶蓓呀，听着就觉得是在春天的国度呢。"

叶蓓笑出声来："什么春天的国度，不过是忽冷忽热的暴脾气的北方国度嘛。"说着，叶蓓下意识地看了同桌一眼，惊奇地发现同桌的眼眸竟是北方夜的颜色。叶蓓缓缓说道："我来自北方。"

"北方？！"同桌的眼睛里闪着光，"是北方啊，我妈妈的故乡，是我一直憧憬的地方呢。"

什么？没去过北方，为什么眼里会闪着北方夜的光呢？难道是因为太想念，所以连眼眸都变得深邃了么？见叶蓓良久不语，新同桌连忙开口道："我叫夜小寒，很高兴认识你。"

"嗯，我也是。"

叶蓓和同桌因为北方而迅速地熟络起来。夜小寒似乎对北方很感兴趣，总是缠着叶蓓给她讲北方的事，而叶蓓也不用每天晚上对着温情的南方夜一遍遍翻阅着对北方的思念，时间就这样在她们的欢笑中一天一天地过去。

很快到了夜小寒的生日，这天放了学，夜小寒早早地拉着叶蓓去她家为她庆生。半路上，夜小寒神秘兮兮地说："我要告诉你一个秘密。"

"什么秘密？"叶蓓忍不住问。

"到了再说。"夜小寒边说边加快了脚步。

打开门，叶蓓和夜小寒刚刚在沙发上坐下，就从屋里走出一个优雅的女人。这个女人看起来非常年轻，给人一种安静、温暖的感觉。女人扭头冲叶蓓和夜小寒笑了笑，并没有说话。夜小寒起身站在女人的身边说："妈，这是我同学叶蓓。叶蓓，这是我妈。"

哦，原来这就是小寒的妈妈。叶蓓恭恭敬敬叫了声阿姨，小寒妈妈冲她莞尔一笑并没有说话。小寒妈妈笑得优雅而不失风度，但不知道为什么叶蓓的心底却涌出一种怪异的感觉。

接着，小寒的妈妈径直回到房间，不再理会夜小寒和叶蓓。保姆在准备着饭菜，夜小寒把叶蓓让进了她的房间。想到夜小寒有秘密要说，叶蓓便开口问道："小寒，你要和我说什么？"夜小寒递给她一张照片，照片上的女子端庄贤惠，正是夜小寒的妈妈。"什么呀，你不会要告诉我你妈妈青春永驻的方法吧。"叶蓓冲她眨眨眼，调皮地大声说，"不，我是想告诉你我妈妈的故事。"夜小寒说这话的语气竟反常的平静，黑夜般的眼眸不由得开始变得坚定起来。

"我妈妈是北方人，在我5岁时就辞掉了工作，一直在家里照顾我。在我的印象里，妈妈很少出门，她除了接送我上下学和去买菜，都不太出门，大多数时候都是待在家里看书或做家务。后来我长大了，不用她接上下学了，家务也有保姆做了，这时她就会在电脑上翻阅着北方的景色图片。我知道，妈妈是想家了。有一天，她告诉我，她要去北方。我听了很高兴，我知道，这样妈妈就不用思念了。我一直担心她在家会闷坏身体，去一趟北方，会让妈妈高兴起来。可是妈妈去北方时，在半路上遇到了车祸，大脑被严重撞击，抢救醒来后，她就只记得北方了，连我也忘记了。当我听到你来自北方时，我好兴奋，我缠着你给我讲北方的事，回来讲给妈妈听。你看，妈妈现在好了很多，最起码每天都会冲我笑了，我真的很感谢你哦。"

听完小寒的秘密，叶蓓紧紧地握住了小寒的手。

这时，保姆在外面叫她们吃饭了。餐厅柔和的灯光下，小寒妈妈脸上的光彩更加迷人了。

过年时，叶蓓回到了北方。当她看着北方的烟花时，电话那头的小寒兴奋地说，她和爸爸决定过完年带妈妈一起来北方。叶蓓抬头看着与小寒眼眸一样颜色的北方夜，笑了。

16岁的眉飞色舞，她迟早也会。

我为爸爸洗脚

文 / 米贵妃

重阳节那天,班主任邵老师对我们说:"同学们,今天是一年一度的重阳节,也称老人节,我们中国是一个礼仪之国,对父母都很孝敬。希望同学们回家之后能够为自己的父母做一件事,以报答父母对我们多年来的养育之恩。今天晚上就布置这个特殊的作业,希望大家认真完成。"

晚上回家后,我绞尽脑汁地想为家里做一件事,想来想去,最后决定给爸爸洗脚。

爸爸下班回来后,我走到爸爸面前,神秘地对爸爸说道:"爸爸,今天我帮你洗脚吧!"

听了这话,爸爸瞪大眼睛说道:"今儿个太阳从西边出来了,平时连地都懒得扫一下的'小公主',今天怎么想起帮别人做事了?"

"不,是太阳从西边落下了。老师说今天是老人节,让我们回来给你们一个惊喜,帮你们做一件事。"我应话说道。

"喔,原来是老师让你们做的呀。"爸爸点了点头。

"那当然了,师命不可违嘛!"我幽默地说。

心动不如行动,说着我就拿来了脚盆,再倒满一盆热水,然后帮爸爸脱掉袜子,把爸爸的脚放进脚盆里。忽然,爸爸"呀"的一声叫了起来,赶紧把脚从脚盆里拿出来,说道:"这水怎么这么烫呀!"

我用手摸了摸，原来我忘了在热水里放冷水了。我向盆里倒了一些冷水，再用手搅拌了一下，觉得差不多了，才把爸爸的脚重新放进去。谁知爸爸的脚刚放进去，马上又缩了回来，对我说："这水怎么这么凉啊。"

我又用手摸了摸，感觉到水很凉，原来我冷水放多了。于是，我又加了一些热水，又用手摸了摸，感觉水温不烫也不冷时，才再次小心翼翼地把爸爸的脚放了进去。原来洗脚也有这么多的学问呀！

平时我是家里的"小公主"，什么事儿都不做，今天老师让我们帮家里的人做一件事，借这个机会，我才体会到爸妈的辛苦。我以后一定要帮他们多做一些家务活，这样就可以减轻他们的负担了。

让生命幻彩世界

文 / 张兴泰

经过初中三年的紧张搏击,波澜不惊中跨入人生一个重要的学习阶段——高中。梦想的一中出乎我的预料——平淡自然,而又紧张有序;和谐文明,而又催人奋进;昂然向上,不乏情趣。

夏令营是进入南中的序幕,月考是锤炼才华的试金石,期中考试升华我们少年的情思。严谨的学风,优良的师德,好学乐学的校风,塑造着南中不一样的风采和神韵。

清洁的校园,适宜读书思考;"博文、约礼、成德、达才"是响亮的口号;"用美德塑造校园,让文明幻彩世界",是切实的行动。这一切都让人神清气爽。转眼间,时间悄悄地溜走了半个学期,现在就来谈谈生活和学习。

每周总有几天晚上,能在放学后见到您的身影,接过仍散发着腾腾热气的食物;每次天气突变总有关切的电话打来,甚至直接冒雨来送衣送伞。

被人牵挂的感觉真好!

每次遇到困难想要放弃,总能想到身后还有人为我默默守候,心中就消散了乌云,往往过不了一会儿就解决了难题。同寝室的同学说得最多的便是:"你妈妈又来了吧。"每当听到这话,一天的疲惫就无影无踪。

被爱的感觉真好!

可我也分明看见了妈妈憔悴的脸庞和感冒的到来，我想说妈妈多珍重，我在您呵护里成长、无忧无虑，能取得这样的进步，每一步都有您无私的付出和关怀。虽然我稚嫩单纯，但还能照顾好自己。爱可能是您送给我的最好的礼物，这是我进一步成长的动力和源泉。

总之，千言万语我要对您讲的是身体最重要，有好的身体才能陪我走完这高中三年；有了好的身体，我才能搏击理想和未来，振翅飞翔，走得更好更远。除此之外，我觉得各方面适应都挺好，作息时间有规律，绝不熬夜；食堂里的饭也越来越可口，知道吃什么能吃饱还能吃好；晚上也能很快地睡着了，不像以前要等一会儿才能入睡。

至于学习，我感觉没什么可说的，只要尽力就行。几个月的学习要说一点儿也不苦那肯定是假的，每天神经都处于紧绷的状态。但是苦中也有乐，例如解开难题的自豪，完成作业后的如释重负之感。再有就是校园里优美的环境也能令人心旷神怡，忘却忧愁，吸一口清新的空气，就又能重新焕发精神继续学习。

谈到学习，不得不谈到名次，这东西真是让人又爱又恨。既期盼她的到来，却又害怕命运的无常。考得好时，感到自己付出的一切都是值得的，前方有希望就有无穷的动力，而一旦没有考好，最受伤的不是自尊心，而是付出与回报的不成正比。巨大的反差会压得人喘不过气来，前方好像没有了希望，前进的动力就少了很多。但我感觉我对待考试的态度还算可以，不太为分数、名次所累。考不好时，心中虽然有伤感但仍会以积极的心态面对接下来的挑战。

初三老班时经常说过一句话，"只管耕耘，莫问收获"。只要你努力了，就一定会有收获，不求能在年级中占到什么名次，只要自己尽力了那就是最好的，只求问心无愧而已。

高中三年注定是一场艰苦又漫长的持久战，注定要努力拼搏，用汗水来书写；同时也注定将充满欢欣和鼓励，这来源于学校和蔼的老师、亲切的同学和朋友，当然也离不了父母、亲戚和邻里热忱的激励。前方路漫漫，希望我们能一起走过这美好的高中三年。一路上有了妈妈的陪伴，有了家庭的温馨，充实而温暖；这样生活着，困窘和艰难都显得无足轻重；这样感受着，挫折和失望又显得多么苍白无力。

敢问谁主成败，竟让无数学子折腰！

敢问路在何方？路在脚下！

敢问生命价值者何，时代风流者何？试看今日之翩翩少年，试看今日之学子风采。上帝眷顾那些有准备的人，我辈已做好准备，等待起航……

回 家

文 / 唐宇佳

脚印有多远
家就有多远
梦就有多远

一声久违的问候
映出妈妈期盼的微笑

回家,回到出发的地方
我闻到了
幸福的味道

我有两个母亲

文 / 陈丽丽

小的时候
奶奶对我说
我有两个母亲
一个是生我养我的母亲
一个是我生活的祖国
长大后
奶奶对我说
我还是有两个母亲
一个是生我养我的母亲
一个是让我无比自豪的祖国
我有两个母亲
我有两个母亲
我为有这样的两个母亲而感到自豪

一个平凡而不平庸的姐姐

文 / 赵登怡

姐姐长我12岁，是我们兄妹中的唯一一个女子。如今她已是三个孩子的母亲，生活磨难过早地在她的脸上烙下深深的印记。有时我真不忍心看她那历经沧桑的面容，真心觉得那不应该是一个三十岁人应该有的精神面貌。姐姐与我最相似的一点就是小时候爱哭，这是父母亲等人说的，我至今都不愿意承认自己爱哭。因为自打记事起，我几乎没有哭过几次，我怎么会相信自己小时候爱哭呢。

对于姐姐的事我记得不多，或许是我们之间的年龄差距太大的因素。姐姐也没有读过几年书，后来和远堂叔的女儿一起上了地毯厂打了一段时间的工，后来就早早嫁人了。邻居家和她一样大的女孩子继续读书、上艺校，最终学有所获，现如今坐的是办公室，比一般大学生都要好。堂叔的女儿也嫁了一个人民教师，真是找一个好工作不如找一个好婆家。可怜的姐姐天生一个苦命人，别人二十出头还在过着锦衣玉食的生活，她便成为他人妇，承担家里的重活。

男大当婚，女大当嫁。姐姐嫁人本无可厚非，可是她却经历了大多数女人最不愿意接受的事。她的公公婆婆都身患疾病，她嫁到他家，不仅要相夫教子，还要下地种田，也要照顾瘫痪耳背的公公婆婆。但是姐姐就是一个吃苦耐劳的人，对于命运的安排，她不曾反抗，只是做好自己，不曾抱怨。我敢说在中国像姐姐这样的妇女实在不多，她的品行真的难能可贵。我们时常听到现代人找婆家首先要问双亲是否健在，是否可以与双亲分开居住等等诸如此类的问题。与双亲居住的确在某些方面不方便，但是我们也不能以此为借口逃避自己的责任。父母亲养我们成年谈何容易，我们又岂能为一己之私弃父母于不顾。有时候真为现在人的思想感到担忧，难道我们人类真的有这么自私吗？

尽管姐姐没有像很多人那样幸运，但是还是感到很幸福、很欢乐。她有一个惹人疼爱的儿子，还有两个漂亮的女儿，我想这应是她最值得骄傲的事。现在她也向我的父母亲那般望子成龙、望女成凤，真心希望她的儿女能为她争一口气，改变她那艰辛的生活境遇。

我很为自己的姐姐感到骄傲与自豪，因为她是我们兄弟几人唯一的姐姐，而我也很为有亲近的人叫我"舅舅"而感到开心。每每想到这些，深夜里我都会起身手舞足蹈，尽情展示自己的欢乐。说来还好，姐姐的女儿也快到初中了，学习成绩让人较为满意，希望她能百尺竿头更进一步，不要辜负大家的期望。我们兄弟姊妹的一生也就这样稀里糊涂定型了，希望下一辈能够更加努力，改变我们穷困的面貌。说着说着竟将自己说得老态龙钟了，惭愧。我并不是说我们这代人不努力，只是凡事没有那么简单。滴水穿石非一日之功，我们共同奋斗努力吧！

姐姐，我曾经幻想自己很富有，然后给我们兄妹几人买房买车，然后供侄儿、外甥读书……那样的生活该多美好啊！可是当我笑得无语时，恍然发现原来我只是在梦中。我向窗外望去，一片漆黑，伸手不见五指。原来黑暗才是现实，光明永远在黑暗之后。但是我真心希望真的有那么一天，春暖花开，微风习习，我们其乐融融相聚一堂，谈笑风生。姐姐，我相信有那么一天，你呢？只是这些年你受累了！

志 强

文 / 刘勇

潘志强是个痞孩子，淘气不说，特喜欢刨根问底，逮个问题都能把村头的老高中生问得哑口无言，见了他就躲。连村长都说这孩子聪明，准是个大学生的料。他爹被左邻右舍们一夸，就红着脸，只搓手，嘿嘿地笑，也不知说啥好。

谁能想到，去山里开石的志强爹去排除一枚哑弹，结果人给炸没了。干活的人拼命地在石堆里扒，志强娘双手扒得鲜血淋漓，也只找到志强爹的一双黄球鞋。志强爹就这样去了，娘儿俩搀扶着，用一堆黄土把父亲留下的黄球鞋埋了。

当时，志强刚上二年级。娘没再找人家，含辛茹苦地拉扯着志强。那时村里没有电，志强每天晚上在油灯下学习，母亲就拿着针线，一针一线地缝补着生活，日子日复一日，年复一年。当一张张奖状覆盖满了斑驳的土墙时，志强也像村头杨树苗噌噌地往上长。

村头柿子刚有点泛红时，志强考上县重点一中，村里老少爷们都来祝贺，去代销点买的一斤水果糖早发光了，娘迈着疼痛的腿不停烧着开水招待乡邻。

看着腿疼一直不见好的娘，志强犟着劲，找辆板车，拉着娘去了县城。医生诊断说是风湿性关节炎，得赶紧住院治疗，如果治疗不及时下一步会关节变形，严重了……志强听在心里，急在心上，对娘说："娘，我不去上学了，听说出去挖煤特别能挣钱，我去挣钱给你治病。"

娘摸着志强的头说："你有这份心，娘打心眼儿里高兴，但书非读不可。你放心，娘有办法治腿，你放心去学校报名。"

志强说："不，我不去了，上学有啥用，还要自己带粮食去，你的病又那么重。"

娘说："去吧，粮食的事我想办法，你按时去吧。"

志强扭着脸，说："说不去，就不去，我不想娘再受罪。"

"啪！"娘挥起粗糙的巴掌，重重扇在志强的脸上，这是16年来娘第一次打他。

志强终于上学去了，没过多久，县一中食堂门口迎来步履蹒跚的娘，她一瘸一拐地挪进门，气喘吁吁地从肩上卸下一袋麦。负责收粮的丁师傅打开口袋，抓起一把麦看了看，眉头就凝紧了，说："你们这些做家长的，总喜欢占小便宜。你看看，这麦乱糟糟的，瘪的还那么多。"志强娘臊红了脸说："对不住了，家里就这么点了，实在对不住了！"丁师傅见状，也再没说什么，就收了。

又一个月初，志强娘背着一袋麦走进食堂，丁师傅照例打开袋子看麦，眉头又凝在一块，还是些杂麦。他想，是不是上次没跟这个母亲说清，便一字一句对她说："不管什么麦，我们都收，但品种要分开，你看你送的麦，什么样都有，成色还差，领导见了以为我们在里面搞鬼呢？"志强娘有些恐慌地请求道："丁师傅，给你添麻烦了，可俺家的麦就这样的，怎么办？"丁师傅哭笑不得反问道，谁家的大麦、小麦混在一块儿种啊！

第三个月，志强妈又来了，肩上驮着一袋米，她望着丁师傅，脸上堆着比哭还难看的笑。丁师傅听说这次是米，来了精神，打开米袋子一看，勃然大怒："你糊弄谁啊！麦子一次不如一次，这次又弄来乱七八糟的米糊弄来了，你看看这米能煮吗？有细米、粗米、糯米，都什么成

色啊，我看你是怎么背来的，还怎么背回去，我们不收。"

志强娘早有预料，双膝一弯，跪在丁师傅面前，满脸泪水，哽咽着说："丁师傅，实话对你说吧，上两次的麦和这次米都是我要饭，要来的，要麦你们嫌质量差，我……我寻思着要点米该好些，可……"丁师傅大吃一惊，瞪着眼看着抹泪的志强妈，半晌说不出话来。

志强妈坐在地上，挽起裤腿，露出一双僵硬变形的腿。抹了一把泪说："我得了风湿性关节炎，现在已经到了晚期，孩他爸走得早，我又不能下地干活。儿子懂事了，闹着不愿来上学，非要去挣钱给我瞧病，被我一巴掌打到学校来的。为了孩子能安心上学，我瞒着乡亲，还怕孩子知道伤了他的自尊心。每天天一擦亮，我就带着空袋子，到十里外的村子里去乞讨，讨要时他们还不理解，说一个要饭给口吃的就管了，条件这么高非要麦，竟然还要米，很多人不理解，还放狗咬我。每天我拄着棍，等天黑后才回家。然后将要来的麦、米聚在一块，月初给你们送来。"丁师傅抹了一遍又一遍眼泪，把志强娘搀扶起来，说："多好的母亲啊，我去找校长，让学校给你们捐款。"

"别，别，千万别和校长说，孩子知道我讨饭供他上学，会伤了他自尊心，影响他读书可不好，师傅的心意我领了，求你为我保密，求求你们了，千万保密啊！"

北京大学励志演讲的讲台上，潘志强声情并茂谈到他的母亲时，在场的师生们都为之动容，满脸是抹不完的眼泪。潘志强说："爱是一袋麦，颗颗浓情，是激励我考上北京大学的动力。还有含辛茹苦的老娘，和减免我四年学费生活费的母校。"

白瓷马

文 / 姚禹同

地上,一摊雪白的瓷片。那是一匹瓷马的碎片,秀丽的马眼侥幸没碎,凝视着窗外蓝莹莹的苍穹。

假如你是一匹真马,那你一定是一匹美丽的马:乌黑水灵的双眼,洁白的身躯,漆黑的鬃毛和蹄子,身上黑是黑白是白,界线分明。

但是,不幸得很,你是一匹瓷马,是一位牧场主家中的摆设。

自从被这位牧场主买回去后,你就一直保持着同一个姿势站着。每天,看着那一匹匹似乎熟悉却又陌生的马在窗外晒太阳、吃草、嬉戏,你的心中便会涌起一种莫名的凄凉和羡慕。

有一天,你终于知道了这是为什么:别的马可以自由地奔跑、嬉戏,可以在晨雾还未散尽时大嚼带露的青草,可以在日落时浴着火烧云嬉戏;可以在炎夏跳入清凉的水中洗澡,可以在冬天享受正午的日光浴……唯有你,只能成天孤独地站在案几上,没有伴侣,没有乐趣……对此,你无能为力。你只有在愤怒得火冒三丈、嫉妒得牙龈流酸水中度过你的每一天。

你不甘心。

你试着移动步子,走路的滋味多好呀,好极了!为什么要羡慕真马呢?拉车干吗?背货干吗?这样多好!有什么事比走路更有趣呢?你并不需要阳光,火烧云,河水和嫩草。你发现,你才是最幸福的马。想着想着,你索性奔跑起来,瓷蹄子在硬木饭桌上发出清脆的敲击声。迎面吹来呼呼的风,你感到仿佛奔跑在碧绿的草原上。你陶醉了。

可是,你高兴得太早了,完全忘记了自己还在桌子上。你奔跑着,忽然一脚踏空。你想停住,可是来不及了。强大的惯性将你狠狠一推,你一头栽下了桌子。你后悔了,可是迟了。一声脆响,你摔在了地上,光滑洁白的身上出现了几条裂纹,继而破裂开来,你成了一堆碎瓷片。

瓷造的生命注定如此脆弱。

你碎了,带着你的梦……

(本人原载《江南都市报》2010年12月30日)

变身记

文 / 彭杰明

星期天上街时，我在大街转角处看到一个童话般的城堡，虚掩的大门挂着一块牌子，上面写着："设备维护中，请勿入内！"我按捺不住好奇之心，推门就进去了。

一进门，一道亮光照得我睁不开眼睛。等睁开眼睛时，我发现自己来到了童话王国的变身世界。为了晚上不至于露宿街头，我首先找到了一个变身旅馆。变身旅馆的外形是超人样式的，我来到了自己订的房间，发现里面有各种奇形怪状的家具。有张着嘴巴、长着手的凳子，有长着眼睛的电视，床的上面还有一个安全带。因为走累了，我随便找了个凳子坐了上去。谁知一坐到凳子上，凳子带我飞入一个奇幻的世界后，便停在我的脚边一动不动了。

这个陌生的地方四周有各种各样的旋涡图案，还有时间的图案，中间有一条满是图案的路伸向不知名的远方。路的两边各有一面墙，墙的上面满是涂鸦。为了弄清路到底通向何方，我沿着这条奇怪的路逛了起来。逛了差不多半个小时，不知道怎么回事，我又回到了凳子旁。又惊又累的我才一坐下，它居然又飞了起来，而且把我带回了刚才在变身旅馆所订的房间。

和我出发时所不同的是，房间里多了一只兔子、一只苍蝇、一只老鼠，还有一只狗。此时它们正在一起玩躲猫猫，玩得很开心，笑得也开心。"它们会讲话吗？"正当我觉得有些奇怪的时候，那只老鼠突然间像发疯了似的向我跑来。"被老鼠咬到可是会得鼠疫的，要是被咬到了就没得救了！"想到这里，我顾不上男子汉的尊严，害怕得尖叫起来："救命啊！"

才喊救命，门就"砰"的一声开了，旅馆老板冲了进来："你不要害怕，它只是在欢迎你！"老板一边说，一边制止了老鼠。一听这话，我悬在嗓子眼的心才放了下来。因为刚才所受的惊吓不轻，我打算到床上躺一躺，好让自己休息休息。

见我要休息，老板就轻轻把门关上，走了。老板走后才过了一会儿，那只老鼠就趁我闭眼准备入睡的时候悄悄地爬到了我身上，在我身上嗅了嗅。我最怕老鼠了，只得装作睡着了，装作什么也不知道的样子。不知道老鼠用了什么法术，它只在我身上走了走就把我变成了一只和它一模一样的老鼠。发现自己变成老鼠后，我吓得连滚带爬地滚下了床。

"变成老鼠后，我岂不是见人就得跑？还得成天提心吊胆地提防猫呀、人呀、狗呀什么的，这样日子可怎么过呀？"想到这儿，我急得在房子里溜来溜去。就这样，我兜了两个小时的圈儿后才想到了一个办法：既然我现在已经是老鼠了，那么我的嗅觉肯定要比原来灵敏得多了。何不在房间里嗅一嗅，如果造化好的话，说不定还能找到解药呢！如果找不到解药的话，那就倒八辈子大霉了——非得饿死在这儿不可。

想到这里，我就开始在整个房间搜寻起来。结果什么也没有找到，只看到了一排长着嘴巴的桌子。我又仔细地搜寻着每一张桌子。功夫不负有心人，我终于在一张长着蓝色嘴巴的桌子上看到一个瓶子，里面装了些绿色的液体。瓶外还贴了个标签，标签上写着"老鼠变身解药"。我一开始怀疑那是毒药，但找来找去，整个房子里只有这一瓶药。"喝还是不喝？不喝就永远变不回人，就永远出不了房间，就会饿死在这里。横竖都是死，不如赌一把！"我拔出瓶塞，使劲喝了一大口。还真赌对了，这是真解药，我一下子又变回了人！

"不行，得赶紧回去，不知后面还会遇到什么稀奇古怪的恐怖事件呢！"想到此，我马上冲出变身旅馆，找到了当时进入变身世界的那扇大门，头也不回地狂奔跑。门上的门牌依旧还在，只是下方多了一行小字，如果不仔细，还真看不见：好奇心有时会害死人！

童话镇

文 / 陈梓婕

那天晚上10点多,我的作业又没做完,又挨了老爸老妈的批。性子犟得不行的我脑袋一热,也不管当时是什么时候就离家出走了。目的地是城南郊外的外婆家,因为外婆最疼我了。

穿过大街,走过小巷,我一直不停地走呀走,也不知走了多久,走到一个小山坡上,我就再也没力气继续走下去了。山坡上有一棵树,正好可以靠着休息一下。我背靠着树刚坐下,树上就传来"哇……哇"几声鸟叫和鸟扑翅膀的声音。定睛一看,原来自己靠的那棵梧桐树上站着一只乌鸦。

"梧桐树……乌鸦……晚上……山坡……南边……"我猛然想起了一个流传已久的传说。传说中,你要是在午夜12点,向南一直不停地走,你就会看到有一个山坡。上面只有一棵梧桐树,梧桐树上还有一只乌鸦,它是童话镇的接引人。如果你要去童话镇的话,它可以带你去,但前提是你得用一种它所提出的东西跟它交换。

"这个传说是真的吗?"想到这里,我不禁嘀咕了一句。"当然是真的!"没想到,那树上的乌鸦居然开口说话了。"那太好了,你带我去童话镇吧!"没几个孩子禁得起童话镇的诱惑,我也不例外。"到童话镇可以,但是,要用你的一份情。"乌鸦歪着脑袋认真地对我说。

"情?如果天天逼着我写作业也算是亲情,那我就用亲情好了。"话音刚落，一眨眼我就来到了童话镇。

童话镇还真跟书上写的一样：房子是城堡，大街上没有车水马龙的汽车，取而代之的是长着翅膀的独角兽拉的马车。这里的池塘没有水，而是飘着清香的牛奶，甚至百米开外都能闻得到。池里生活的是一种能飞的鱼，每到春天，它们就会飞出水面，开始一年一度的大迁徙。童话镇没有猎杀，没有作业，也没有战争，所有的一切都显得是那么的和谐。

老远就看到麦田里有一群萤火虫。我望了望，"嘿！就在那儿！"我兴奋地跑过去。

"扑通——"

"哎哟！谁那么无耻，乱扔西瓜皮？！"我把手撑在地上痛得直叫唤。

"你没事吧？"话音刚落，一只胖乎乎的小手伸了过来。我抬头一看，原来是一只松鼠。

"你没事吧，我叫果果，你呢？"

"我叫小莹，Nice to meet you！"于是，我和果果小朋友的友情就开始了。

"你是第一次来童话镇吧？"果果好像未卜先知似的，"我非常愿意当你的导游！"

这么可爱和热心的导游，有谁愿意拒绝呢？夜晚，我和果果躺在山坡上的草地上，周围满是萤火虫。

"你知道吗，在绿荫胡同的深处，有位叫梦婆婆的女巫，她煮的柠檬茶可好喝了。"果果对躺在草地上的我说。

"女巫？是那种戴着尖尖的帽子，穿着黑袍子，会变黑魔法，晚上还会吓唬小孩的巫婆吗？"

"不，女巫才没你想象中的那么可怕……对了，这是梦婆婆叫我给你

的茉莉花茶——别惊讶,她知道任何事。"

我接过瓶子,那是一个玻璃瓶,没有花纹,一股青草味。拔开木塞子,一股茉莉花香扑鼻而来,茶水是淡黄色的,还发着荧光。我保证,这是我喝过的最好的热饮。

第二天,果果带我来到雪草原——童话镇的核心景点。雪草原一年四季都是雪,雪足有25厘米厚。一到周末,孩子们都在雪草原玩堆雪人、打雪仗,玩得不亦乐乎。

"看吧,这就是第一站,雪草原是孩子们的乐园。"说着,果果就抓起一个雪球,"嘿!"一下打在了我的脸上。也真奇怪,冰冰的雪球打在脸上,一点儿也不痛。正在我疑惑时,雪球破碎后的雪粉融化了,顺着鼻子滴到我的嘴巴上。我舔了舔嘴唇,"咦?香草味的。"我一把抓起身旁巧克力色信箱上的雪又尝了些。"呵!是巧克力味!"原来这里的雪落在什么颜色的物体上,就有什么颜色的口味,比如落在黑色上就是黑巧克力味儿。想不到童话镇还有免费的冰激凌啊!不吃才怪。我急急地拉起果果,把童话镇的雪吃了个遍。

"今天童话镇的夜空很美,但总觉得缺了什么……"晚上,我跑出果果的家门,来到草地上写日记。可写着写着,不知怎么的,我的眼泪就像掉了线的珠子似的,滴答滴答地落在本子上。

第三天,童话镇被阳光覆盖。"看!"果果把那个玻璃瓶举起来,隐隐约约看到了十几只萤火虫。"哇!果果,你太厉害啦,哪里来的?"那些小精灵在瓶子里发光。"晚上抓的,喜欢吧。"我抱着瓶子傻傻地点头。

"小莹,今天我们去瓢虫森林哦。""怎么去啊?"听着好像好远啊,"坐瓢虫!"果果兴奋地说。

"哇!"这么大的七星瓢虫,我还是第一次见过,和奶奶家菜地里的瓢虫一模一样。没想到童话镇还有这么大的虫子啊!

"上来。"果果一把把我拉到了瓢虫的背上。"嗡嗡嗡——"瓢虫扇动它那硕大的透明翅膀，我们就摇摇晃晃地起飞了。

坐在瓢虫的背上往下看，整个森林就像一幅山水画：绿绿的青草旁边是一条小溪流，溪水是浅蓝色的。瓢虫穿过森林、高高的松树，偶尔会碰见蝴蝶……"看！这就是我说的花海！童话镇最美的地方！"

我顺着果果的手指看下去，"哇……"花海由一片片的玫红色花做底色，随后就是粉红色、白色、黄色……风一吹，花真的像海一样，泛起涟漪，和旁边的青草、蓝天一搭配，简直就是完美的组合！

当我正看得入神时，远处一对雪雁母女飞来了。奇怪的是，她们并没有吃掉瓢虫，而是和我们聊了起来。

"小女孩，你看起来不像是童话镇的人啊。"雪雁妈妈说。

"嗯。"

"和爸爸妈妈吵架了？"雪雁宝宝插嘴。

"老爸老妈！"我终于知道我缺什么了。他们会不会满世界地找我，班长大人会不会因为我两天没交作业气得要死，小卖部的漫画会不会已经卖完了……我想他们了，想老爸老妈的唠叨，想课堂上那些逼到人疯永远也解不开的题目，想小卖部旁边的麻辣烫……

"小莹，小莹！"我眼前的世界开始扭曲，森林不见了，瓢虫不见了，雪雁和果果也不见了。睁开眼，是那个熟悉的房间。

"小莹，快点起床，上学迟到了。"

原来是个梦啊，如果永远在那里该多好。

"小莹！快点。"远处传来的老妈催促声今天好像特别顺耳。我匆匆跑出房间，却忽略了床头那个装着萤火虫的玻璃瓶，还有瓶子右下角的那三个字"果果赠"。

我的房子离家出走了

文 / 陈禹希

凌晨3点，大街上一片寂静。在这个时间段，大家都睡得正香，而我——一个建筑总工程师，才刚刚离开冷清的办公室，揉着蒙眬的双眼，走在回家的路上。

因为困，我走得摇摇晃晃。迷迷糊糊地，我到家了，正当我掏出钥匙准备开门时，一阵冷风突然吹来，我打了个寒战，猛然惊醒，这才发现我的面前只有空荡荡的巷头和迎面扑来的黄沙——我的房子不见了！

我以为我走错了巷子，但周遭的环境却又是那样的熟悉。若不是两旁的门牌号告诉我这是真实的，我真的觉得自己是在做梦——左边是"希望街7号"，右边是"希望街9号"，唯独少了我的房子"希望街8号"！

我顿时意识到了事态的严重性，虽说环绕了四周一圈，却没有发现任何踪迹。我悲伤地蹲坐下来，一低头，无意发现我的脚边有张纸条。借着月光，我看到了上面的字：

"亲爱的主人，我走了，你别担心我，我会照顾好自己的。

　　　　　　　　　　　希望街8号
　　　　　　　　　　　即日"

我惊呆了。

说实话，我并不明白我的房子为什么要离家出走，我觉得我对它也挺好的：一到周末就整理杂物，打扫卫生，把它擦洗得干干净净的，难道它还不满意吗？而且，它这么一走，我住哪儿呢？现在马上就到冬天了，没有房子怎么办呀！

折腾了这么一会儿，我的眼皮越来越重，实在扛不住睡意的我便找了个避风的角落靠墙昏昏沉沉地睡去……

醒来已经是第二天早上九点多了。我眯着眼站起来，刚走到巷口，马上就有邻居围了上来："唉，听说你的房子不见了，是真的吗？""那你会不会搬走啊？"

我连忙拉住一个说话的大婶，问道："你见到我的房子往哪走了吗？"

那大婶倒也实在，叹了口气说："昨晚啊，我睡得正香呢，门外忽然传出很大的声音，把我给吵醒了。我还以为地震了呢，赶紧起来看，刚好就看到一所房子往巷口移动，一转眼就不见了，第二天才知道这是你的房子……"

我听到我的房子有了消息，连忙道了谢，就转身跑出了巷子。没错，我要去找我的房子。

不知走了多久，也不知问了多少人，可房子的消息还是一点也没有，我很是沮丧。站在大街上，我又累又渴。恰好对面有一家小店，不想轻易放弃的我走了过去，想买瓶水歇歇后继续寻找。付钱时，我发现店里的一位老爷爷一直在盯着我看。"他该不会是知道房子的下落吧？"好像落水的人抓到一根稻草，我小声问道："老爷爷，你有没有看到过一座会走的房子？"

老爷爷沉思了一会儿，说："今天早晨，我好像看见一座房子向西边走去了。"

"西边！西边可是一片猛兽出没的森林啊！我的房子会不会被捣破窗户，让猛兽占为己有？天啊！"我的心里一阵惊慌，也来不及道谢，飞快地向城西奔去。

不一会儿我就到了城西。可城西并没有我所想象的那么荒凉，反倒更像一片别墅区。那里也的确有一片猛兽森林，但在它的旁边却有被又高又厚的围墙围起来的数十栋房子！我愣愣地站着，简直不敢相信我的眼睛。

也许是我的真心感动了上苍，"孩子，你是来找你的房子的吗？"一个熟悉的声音从身后传来。

我慢慢地回过头，看到了一张苍老的脸——那是刚才店里的老爷爷！他缓缓走来，脸上还带着笑。我急急地问道："老爷爷，你知道我的房子在哪，对不对？"

"你的房子就在围墙里，它是昨夜走来的，是我收留了它。"老爷爷拍拍我的肩，"这里是城西孤儿院，会收留孤儿和离家出走的房子。"

我顿时明白了，老爷爷是故意把我引到这里来的。"我想要回我的房子。"我望着那高大的围墙。

"可以啊，但若是你的房子不愿意，那可就没办法了。"老爷爷一边说着，一边帮我打开了孤儿院的大门。

我走进去，看着这里一栋又一栋的房子，心中感慨："这年头，离家出走的房子可真多！"

在路的尽头，我见到了我的房子。此时的它正与几个孤儿在玩耍。见到我来了，它突然低下了头，沉默了。

哄走那些孤儿，我走上前去，对它说："跟我回去吧！我会更加珍爱你的！"

"不！我不回去！"出乎意料地，我的房子竟不愿走，"主人，我很感谢你之前的照顾，可是我在希望街太孤独了。主人您又常常很晚回来，我实在不想忍受这种孤独了。在这里，我很快乐，主人您就放心吧！"

我终于明白了它出走的原因，原来不是我对它的态度，而是因为孤独。我笑着对它说:"放心吧,我一定不会再让你孤独了,我会让你天天都快乐,我保证!"

"真的?可是你的工作才不会让你有这么多的时间来陪我呢,我还不是要孤独着度过每一天?"我的房子还是有些犹豫。

"我自有办法。你先跟我回去,如果你觉得你还是不快乐,你再回来也不迟呀!"我进一步说服它。

"好!我跟你回去!"房子终于松口了,我高兴地跳了起来。

回去后,我依旧生活在希望街8号,照样干我的总工程师,但我收留了几个孤儿。从此,家里渐渐有了欢声笑语,我的房子的口中再也没有出现过"出走"这两个字,因为它觉得自己的心中充满了希望。

时间大盗

文 / 陈禹希

红木桌子倒在门口,各种书本散落一地,几只清晰的鞋印在白墙上,显得突兀极了。房间内,一个头发花白的老人蜷缩在大床的角落瑟瑟发抖,恐惧地望向门边。

在接到报警后,我马上来到事发地点,刚走进华瑞博士的公寓,看到的就是这样有些可怕的情景。

"又是时间大盗!这已经是他的第三次作案了!"一个愤愤不平的声音在我耳边响起。

回头,看到好搭档林风那咬牙切齿的样儿,我笑了笑,没有说话。

我望向角落里的老人。或许是我的身影有些陌生,他立刻向后靠了靠。我连忙说道:"您别怕,我们是市公安局的。您就是华瑞博士吧?"真不敢相信,华瑞博士才三十来岁,却像一个年过半百的中年人,可见时间大盗的危害有多大呀!若他把世界上的人都变得瞬间苍老,那不就成了"老人国"了吗?

老人点了点头,算是默认。

我想从那片狼藉中寻找出一些蛛丝马迹。可惜,这个贼就像是个影子一般,来无影去无踪,除了墙上的三个鞋印,什么也没留下。这几个脚印就像是隔在我们与大盗间的一堵墙,我们虽然能看到它,却总是不能发现其中的奥秘,不能得其门而入。

现在已经是案发的第三天了，由于这次的被盗对象是这座城市最顶尖的科学家，市长给我们设了破案时限：一周之内，必须破案。

这可愁坏了我们局长，要是在期限内不找出凶手，不仅我们警局的名誉受损，失去市民的信任；更为要命的是，如果破不了案，局长头上的乌纱帽可就戴不住了。于是，局长立马召开紧急会议，成立了"时间大盗系列案件侦破小分队"，要求我们务必在期限内完成任务，找到真正的大盗，为三位受害人讨回公道。这不仅仅是局里的责任，更重要的是，前两名受害者一个是环保局的局长，一个是研究生物与环境关系方面的首席科学家，在市里的名声是很大的，不想破案也不行。而我，既幸运又不幸地，被局长点名担任小分队队长，从而卷入这场无形的"战争"。

走出华瑞博士的公寓，已经是华灯初上了。回到家，我随便吃了些面包就坐在电脑桌前梳理案情。按照规律，这个大盗很可能在不久之后偷取第四个人的时间，并在墙壁上留下四个鞋印。这个大盗到底想要干什么呢？我隐隐觉得事情好像并没那么简单。

第二天，我去了这三个受害人所在的小区调取监控录像。每个人受害的晚上都是周末，保安相对较少，果不其然，没有看到大盗的身影。他就像是空气一般，就连保安也说没有看到可疑的人。可是，我看着看着，总觉得有些不对劲。仔细一看，在前两个受害人的小区中，每到案发时间过后的三分钟，就会有一个黑影从铁门上空"飘"出去，没有人的长相，就像是一团黑雾一样。可是，在华瑞博士的小区，我等了半天也没有看到那神秘的黑影。

华瑞博士？难道是他？如果是他，那又为什么要把自己变老呢？这似乎说不过去呀！我立刻召开小组开会。

坐在局里的会议室，我把我发现的情况告诉了他们，会议室里马上炸开了锅：

"肯定是华瑞博士！只有他的能力有这么强，能把人瞬间变得苍老！"

"对，只有华瑞博士的小区铁门上没有黑影，一定是他！"

见他们根本没有停下来的意思，我皱着眉头，大喊一句："安静！"

会议室里立马安静下来，大家都看着我。我问大家："同志们，你们都觉得华瑞博士有问题，可是，谁有证据呢？"

大家都低头沉默了。

过了两分钟后，林风发言了："没有证据不怕，我们去收集证据！这边三个，跟我去调查华瑞博士最近的情况；你们三个，跟队长去调查前两个受害人受害时华瑞博士的情况。晚上八点，我们再到这里集合。"

得到我的许可，他立马站起身，带着那三个人走了。我也不想坐在这里浪费时间，也带了三个人直奔局里的信息室。

信息室的设备还真是齐全，我不费什么力就查到了华瑞博士的行踪。华瑞博士的出行还真有点奇怪，在每个受害人受害的前一天他都进出过受害人的小区。进去的时候，华瑞博士总是穿着一件黑色的衣服，手上提着一个公文包，鼓鼓囊囊的，不知道装了些什么。每次出来时，华瑞博士也是走得很急，慌慌张张的，而且手上的公文包也不见了。

我隐约发现了什么，急匆匆地想拨打林风的电话，没想到他的电话倒先打过来了："队长，我发现了一个很重要的线索，速来！"

我马上下楼拦了一辆出租车，赶到了林风所在的交警大队。

一到交警大队楼下，就看见林风快步迎上来。我问："怎么了，发现了什么？"

他带我们走上楼，到了信息室，用电脑播出一段监控录像。录像中，一个穿黑衣的男子快步走在街上，身后跟着一个人。那人的长相看不清，只看见他的衣服很大，有些不合身。

林风把录像暂停，然后放大，我惊奇地发现，那个男子与华瑞博士有些相似，后面跟着的人也与第一个受害者的身形有七八成像。

我看了看屏幕上方的时间，显示的是第一个受害者受害的前一个小时。这时林风又调出另一个监控录像，也是这么一个男子，后面跟着的是第二个受害者，而且，在时间上也是惊人的相似！

我深深吸了一口气，说道："现在一切矛头都指向了华瑞博士，看来他的嫌疑非常大了。走吧，把录像带着，去华瑞博士家里一趟。"

林风点了点头，把录像放进U盘里，开着警车迅速往华瑞博士家的小区赶。

当我们站在华瑞博士公寓门口，敲了半天门也无果后，便在保安的帮助下强行撬开了门。我刚一进去，就觉得奇怪极了，那种不好的预感又涌上心头。房间内，所有东西都摆放得整整齐齐，好像几天前的事都不曾发生。华瑞博士不在家，仿佛预料到我们会来一般，桌子上有一封信：

"你们好呀！当你们看到这封信的时候，一定开始怀疑我了吧？我想你们肯定发现了什么蹊跷之处，才会这么认为的吧？如果想知道答案的话，今天晚上十点到你们局的天台来找我吧！

华瑞"

我和林风对视一眼，都从对方的眼中看到了疑惑和不解，我们的确没有想到华瑞博士竟然会自投罗网，可他为什么不逃呢？而且，看他的样子，好像事情真的是他做的一样。

"他没什么理由这么做呀！他有名声有地位还有金钱，实在是想不通……"林风靠在门边上，一副难以置信的神情。

"罢了，我们在这里干想是想不出什么的，晚上就知道结果了。他约我们到局里的天台，就知道他肯定有自保的办法。要知道，局里到处是我们的人，量他也不敢把我们怎么样。"我歪头想了想，半晌才开口。

林风点了点头："也对，走吧，这里早就被人清理过了，也没什么好看的了。"

回到局里，我第一时间向领导汇报了我们发现的线索。领导对此很是满意，告诉我今晚要布置好现场，尽力抓住凶手。

这样的等待总是过得很快。我们刚刚把相关的证据存到一个相对轻便的手提电脑中，时针就指向了十。我和林风用藏在耳中的通讯器通知了埋伏在楼下的特警们，便捧着电脑上了天台。

夜晚的风凉凉的，我不禁打了一个寒战。转头去看林风，他却不在看我，眼睛死死地盯着前方。我也望去，天台的边缘不知什么时候多了一个人，逆风站着。楼下的灯光有些刺眼，这使我看不清他的脸。不过从身形来看，像极了华瑞博士。

"华瑞博士？"我不确定地喊了一句。

"呵呵，是我。你们来的可真准时，我还以为要等上好一会儿。"对面的人阴森森地开口，笑声在这冷风中变得狰狞。

我向林风使了个眼色，他向我点点头，一边打开资料一边说："华瑞博士，我们这里有你犯罪的证据。现在我只想问一句，你的犯罪动机是什么？"

华瑞冷哼一声，好像有些不耐烦："什么动机不动机的？你以为我像那些监狱里的犯人一样好问呀，你们也太天真了。"

林风有些无奈。想了想后，他决定循循善诱："那你留下的纸条是什么意思？"

"有什么意思就要看你们怎么想了。我今天来，是和你们告别的，这个世界太无趣，这么待下去只会让人绝望。我也不想多说什么了，永别吧！"华瑞突然大笑起来，笑声回荡在天台周围，这令我毛骨悚然。

"突突突突突……"一阵机器摩擦的声音在我头顶响起。我抬头，刺眼的灯光突然射过来，我只觉得眼前一片雪白什么都看不见。

我赶忙捂住自己的眼睛，林风立刻用通讯器呼叫特警。慌乱中，我看见一个身影从我身边跑过，直觉使我猛然抓住了那人的衣角。我放下捂着眼的手，看到了那人——果真是华瑞博士！他的头发乱蓬蓬地贴在脸上，衣服也有些乱糟糟的，脸色很不好，浑身上下都透出疲惫之态。

"你要去哪里？"我大声吼道。

"这可不关你的事了哦……"华瑞博士趁我不备，从身后拿出一个喷雾状物，朝我脸上一喷，我只觉得眼前一黑，就晕了过去。

……

我是在医院苏打水的味道中醒来的。睁开眼，就看到林风坐在椅子上看资料。或许是感受到了我的目光，他看了我一眼，笑道："组长呀，你终于醒了，没有你我们还真看不出什么呢！"

我撑着胳膊坐起来，脑袋昏昏沉沉的。林风递过来一个文件夹，说道："队长，这个是华瑞博士走之前留在天台上的信封，我带着防指纹手套打开过，里面只有一张纸，但上面什么都没有，我用很多方法试过了，碘酒米浆什么的都不行，你看看吧。对了，我去化验了华瑞博士那晚给你喷的液体，是加了催眠剂的迷药。"

我应了一声，带上防指纹手套，接过一个米黄色的信封，细细地研究起来。这个信封有些古怪，别人都是把封口折起来，而这个却是把封口硬生生地撕烂了，参差不齐，可见撕扯的力度极大。我小心翼翼地从信封中拿出一张纸，放到亮光处看了看，与普通的白纸倒也没有什么区别。我本来想把纸放进信封，等身体好些了去实验室看的，但是就在我折叠好纸的时候，一股微不可闻的葱味猛地冲进我的鼻腔。我看了看时钟，并不是吃饭的时间。我的大脑飞速地转着，企图找出什么有关葱方面的知识。突然，我的脑子里翻出了好久以前的记忆。

我把纸拿出来，对林风说："看好啦，拿个打火机来。"

林风从口袋里掏出一个半新半旧的打火机，递给我。我点火，把纸

放到火的上方,不多时,一片棕色的字迹就呈现在纸上。林风惊讶地望着我,说道:"组长呀,还是你靠谱!"

我微微笑了笑,开始阅读纸上的内容:

"当你们看到这片字迹的时候,一定是发现了纸上的奥秘吧?你们猜的没错,我就是你们要找的人。想知道为什么吗?呵呵,那我就来告诉你。

其实我并不是地球人,几年前奉命来到地球,保护地球居民的安全。近两年,你们没有发现自然灾害愈发增多吗?在不断抱怨的同时,有没有想过自身的原因?我在这段时间里提醒过你们很多次,包括为你们制造出新的环保工具,在收视率高的电视节目中呼吁大家保护环境……可效果还是不佳。

而就在前几个月,因为地球环境太差,空气中所含有的大量颗粒物让我的最后一个爱尔星球的同事也死去了——你们知道吗,那些爱尔星人都是我比亲人还要亲的人啊,却因为地球的污染而死去了——这都是你们地球人的错!特别是那个不作为的环保局长和那个为了一己私利而拼命阻碍先进环保技术推广的所谓的生物环境学权威!

因为有王的指令,我不可以杀死地球人,但我可以使他们变得苍老,也是变相的杀!要知道,地球之所以变成今天这模样,罪魁祸首是你们人类自己。现在,地球的环境恶化到今天,我们爱尔星人也无能为力了。

现在,我将带着他们的尸体回到故乡。服用了迅速苍老的药水,想必我也不能在这世间弥留多久了。永别吧,此生再无缘相见,只愿你们能够行动起来,不负因你们而死的爱尔星人……

华瑞"

我和林风同时沉默了。半响,林风开口说道:"队长,我们现在怎么办？"

我还没来得及说话，局长就急匆匆地闯了进来。见到我醒了，手中还拿着华瑞博士留下的信，扬了扬下巴问道："怎么样，发现什么了没？"

我把手中的信递给了局长。匆匆扫视了一遍，局长显然不相信，有些恼火："绝对不可能，这么离谱的事儿他也说得出口？外星人？他是骗三岁小孩的吧！"

我不语。见我沉默，局长也不好说什么，便打开门出去了。

两天后，我出院了。这时候局长已经对外宣布破了案，华瑞负罪自杀，原因不详。几天后，市民们的呼声也在市长和局长的"努力"下得以逐渐平息。我知道，除了我和林风，没有人愿意相信华瑞博士是外星人。林风相信是因为他相信我，而我，自有我的原因。

午后，我坐在阳光下，静静地望着局里新种的几棵小树苗。我从衣袋里掏出一张泛黄的照片。照片上，华瑞博士微微地笑着，在他身后，是蜿蜒通向远方的小路，周围那些奇异的藤蔓紧紧地缠绕着。照片背后，有这么一句话：明天就将到达地球，希望永远记住爱尔星的美丽。

我扬起头，望着难得一见的湛蓝的天空。我想，华瑞博士一定在那遥远的星球，静静地看着我们，等待着我们的改变吧！

500年后的太空动物园

文 / 凌于婷

时间过得飞快，一转眼，500年就过去了。那时，地球已经变成了一个干净、美丽的"绿色星球"，而人类也已经可以到太空去生活了。

这一天，我乘着无人驾驶的自动导航飞船，在宇宙中快速地飞行着。哇！宇宙真美呀！我趴在窗边，心想：地球的动物园我见过，太空的动物园会和地球上的一模一样吗？里面的动物是不是和电视上的外星人一样呢？我好奇的心就像飞船一样朝着太空动物园奔去了。正胡思乱想着呢，从那些零零散散闪烁的星光中，我隐隐约约地看见了一个太空动物园。

来到太空动物园门口，还没下飞船，我就发现动物园的表面被一个闪着金光的巨大的薄膜笼罩着。我急忙跳下飞船，跑向动物园想看个究竟。可当我的脚刚刚踏进动物园的大门时，就被一只手拦住了去路。我回头一看，吓得脸色苍白，原来是一个只有两根手指的怪物。我上下打量着它，那是一个长着爱心形脑袋的、浑身上下没有一根骨头的东西，我想它应该是个外星人吧。我赶紧对它说："你好，我是地球上的人类，是来参观太空动物园的。"这时，外星人唧唧喳喳地说了几句我根本听不懂的话，就放我进去了。

走进太空动物园，我被里面各式各样、五颜六色的小房间吸引住了：有的像爱心，有的像小洋房，有的像灯罩，还有的像半个大西瓜……动物们每天都住在这样漂亮舒适的房间里，该有多么开心啊！动物园里养着许许多多奇形怪状的动物：会变色的天鹅、长着翅膀的长脖狗、会走路的鱼，还有会潜水的鹦鹉、背着蜗牛壳的蛇……令我最感兴趣的要数一种五颜六色的小松鼠——它们的身体颜色和地球上的完全不一样，有黄色、绿色、粉色、蓝色、彩虹色，各种颜色交替着一闪一闪的，把我的眼睛都看花了。不仅如此，它们的脑袋上还都戴了一个小小的太空帽，身上背着一个像音箱的小盒子。哦，原来它们是动物园里的"通信兵"啊！

　　动物园里还有一个专门给小动物们嬉戏的植物区，那里面有许多我在地球上根本没见过的形态各异的花草树木。最令人惊奇的是，有一种很特别的花长满了整个动物园。那是一种有着6只长长的手臂的花儿，当小动物们身上有脏东西时，它就挥舞着它那长长的手臂把小动物们的身体清理得干干净净——它就是太空动物园里的"清洁工"！

　　太空动物园的奇特说也说不完，希望你有机会也去逛逛，保准会让你大开眼界的。

天使驿站

文 / 姚禹同

那天,我在街上拼命地奔跑,似乎只有奔跑才能甩脱我的苦恼。我不知道为什么一夜之间我的变化竟会如此之大。

不久前,我还是班里的"班花"。突如其来的一场大火,夺去了我健康的皮肤——我的面颊、双臂上留下了一道道灼烧的疤痕。出院第一天,我迫不及待地向学校走去,然而路人们看我的眼神都怪怪的,甚至有几个坐在婴儿车里的小孩看到我后吓得哇哇大哭起来。我不敢再去学校了,我害怕迎接同学们诧异的目光和放肆的嘲笑。我更无法容忍我的课桌边可能不再围着请教问题的同学,甚至各组组长的本子都不愿意交给我,而是直接交给老师……

飞来的石子打断了我的思绪,邻家几个淘气的男孩正拿着弹弓往我身上射着石子。小腿上,泛出一片青紫。见我回头,一个男孩带头叫起来:"丑八怪!丑八怪!"其他人也都跟着起哄。那一瞬间,我有一种被全世界背弃的感觉。

于是,我拼命地奔跑着。突然,眼前出现了一片花海。花海的尽头是一片湖,清澈、碧蓝。繁华的闹市中,竟然有这样的美景?我回头一看,发现四周全是花朵。奇怪,刚刚我是从哪里进来的?

顾不上那么多,瞬间我就被眼前的景色吸引。

一位精灵模样的人来到我跟前。她的身材苗条高挑,皮肤白净,耳朵尖而长。她褐色的长发盘在脑后，一双眼睛灵动而深邃。她穿着白色的长裙，显得高贵而又美丽。一双半透明的翅膀在她背后轻轻扇动。

看着她，我有些难堪，生怕自己丑陋的容貌玷污了这块纯洁的地方。

在我思索时，她先开口了："你好，岚，我是这里的守护精灵。我叫莹。"声音美如天籁。接着，她又说："你来到这里，一定需要什么帮助吧？"

"呃，我……"没等我说完，她就对我说："我知道，你一定是接受不了生活的改变吧？来，我带你去一个地方。"她把我带到几个空花盆前，对我说："岚，你随便写几个人的名字上去。"我写了。其中，有爱我的爸爸妈妈，也有那几个拿弹弓打我的小孩。每写一个，花盆中立即开出美丽的花。"现在，每擦掉一个，那个人就会死去。"我爱我的父母，不能忍受他们的离去；那些小孩虽然笑话过我，可他们也只是孩子，他们有家，有爸爸妈妈，他们的离去会让家人悲痛欲绝的……

我没有动。

她微微一笑，"好，你通过了测试，我需要你解决一个问题。"

我也笑了，尽管我相信这笑容丑陋得有些狰狞，但莹并没有在意。

"这里流传着一个古老的传说：那个湖是通往天使国度的驿站，只有一个人的灵魂纯洁到了和那个湖同样纯净时，他就能抵达天使的国度。可我们这些精灵以及所有来过的人，都没有成功。传说只要抱着某种心态去试，就能很简单地成功，但这种'心态密码'还没有人能破译。"

"如果没有成功，会怎么样？"

"会变成一朵长在这里的花。"

听了这句话，我反倒释然了。

我站在湖边，凝视着湖水，微风拂过，风中有水的清新。

似乎过了很久，又似乎才过几分钟，眼前的一切渐渐地模糊了。

等到再次清楚时,花海不见了,莹不见了,只剩下了湖。云雾在我身边萦绕,湖面结了冰。我走到冰上一看:我的倒影比莹还要美丽。

莹的声音在耳畔响起:"当一个人的灵魂纯洁到和湖水同样纯净时,他就会来到天使的国度。"难道,这就是我的灵魂?

我回到驿站。莹对我微微一笑,什么也没有说。她轻轻地挥一挥手,一切又开始在我的眼前模糊。隐约听到了一个声音:"岚,以后,我守护你的灵魂!"

一切渐渐变得清晰,我发现自己站在了家门口。进屋一照镜子,依然丑陋无比,但我的心中充满了阳光,因为那片花海,因为莹,因为那美丽的灵魂。

心中有一个声音响起:那是你内心深处的仙境。

(本人原载《江南都市报》2011年11月1日)

自然物语

双胞胎小白兔

文 / 汪储源

我家有一对双胞胎小白兔，一只叫棉棉，另一只叫蹦蹦，它们聪明可爱又淘气！

它们俩像极了，一般的人是认不出哪只是棉棉，哪只是蹦蹦的。因为它们都长着长耳朵、三瓣嘴，都是前腿短、后腿长，而且都有红宝石似的眼睛和毛茸茸的小尾巴。但如果你仔细观察的话，你就会发现它们的眼睛有点不同：棉棉的眼睛大点，蹦蹦的眼睛小点——这点只有我知道，所以我很容易分出谁是谁。

小白兔吃东西的样子很可爱。那天我又去喂兔子了。一看到我手里拿着它们最喜欢吃的胡萝卜时，两只小白兔就蹦来蹦去追着我，嘴里不停地蠕动，好像在对对方说："别跟我抢，别跟我抢！"我先把胡萝卜竖起来，在它们头上晃动，它们就像小狗一样跳起来抢，好像谁先抢到就是谁的一样。接着我又把胡萝卜移来移去，它们也跟着胡萝卜移来移去，而且我移到哪儿，它们就跟到哪儿。我一放下胡萝卜，它们就立刻各自抢一个跑了，美美地吃个不停……你看棉棉，它正用前脚抱着胡萝卜吃，就像是人坐着吃东西一样，从后面看还真像一个人在玩东西呢！再看蹦蹦，它抢的胡萝卜很圆，抱着不好吃——一抱就会滚走吃不了。但这难不倒它，只见它先把胡萝卜推向墙角不能滚之后，再抱起吃——你说它聪明不聪明？

小白兔还是个躲猫猫的好手。我每天一放学回来就会找小白兔玩。可是那一天，我在阳台里的笼子里怎么也找不到小白兔。"是不是在跟我玩捉迷藏游戏呢？"我一边想，一边满屋子地找起来：厨房里找，卫生间里找，到它们可能去的地方找了个遍，可还是没有找到。正当我想它们是不是走丢了的时候，忽然听到了厨房里有声音。跑进去一看，才发现小白兔在菜篮子里藏着——怪不得我找了半天都没找着呢！

这么聪明可爱的两只小淘气，你见了，也会喜欢的！

漂行遇龙河

文 / 廖雨麒

这个暑假,我们一家开车前往桂林,在当地的遇龙河体验了一把漂游。

我们买好票,穿过花花绿绿的小商铺,再绕几个弯就来到了河边的码头。河边岸下是一排排整整齐齐的小竹筏,竹筏中间有两张竹椅,竹椅上有两套救生衣。紧靠着竹椅的是一把大太阳伞,伞后就是为我们这趟漂流撑船的船夫。

上了船,穿好救生衣,呼吸着没有PM2.5的清新空气,仿佛五脏六腑都被换了一道似的,身心很是放松。坐稳后,船夫便举着竹竿,朝河岸的阶梯轻轻地那么一撑,竹筏就离开了码头,远离了人群,顺着水流在水面上轻盈地游移。

竹筏缓缓地前进,四周都是清澈见底的河水。蜿蜒曲折的遇龙河宛如一条碧绿的丝带,盘旋在群山之间。望着绿得清秀、绿得耀眼的河水,"漓江的水真绿啊,绿得仿佛那是一块无瑕的翡翠",课文《桂林山水》中那句话自然而然就浮现在我的脑海中。真不愧是漓江的一份子,在阳光的照耀下,波光粼粼的遇龙河仿佛是一位多情的少女,羞涩中带着些娇柔,深邃而不失魅力,迷人而不失内涵。

河的两岸满是翠绿的野草和不知名的小花。那些小花,一个比一个精神。它们都穿着一身露水做的花衣,笑盈盈地望着我们,很是招人喜爱。一大片一大片的野草铺满河的两岸,就像一大块一大块的绿地毯,一直延伸到远方。要不是坐在船上,此刻我真想躺上去,在草坪上美美地睡上一觉。

　　就在我欣赏如画的美景时，突然，河中出现了一个高约半米的小断崖，平缓的河水一流到那，便猛然跌落，迸发出白色的水花。虽然声音响亮，场面壮观，可看到这一幕的我心里却犯起了嘀咕："要是船沉了怎么办？虽然我会游泳，可是外婆不会游呀……"说时迟，那时快，竹筏一下子就来到了陡崖，向下冲去。就在陡崖往下冲的那瞬间，脚下一阵清凉——水迅速没过了我的小腿，又以极快的速度向我大腿淹来。我本能地站了起来，提起裤角，这样裤子才没有湿透。幸好竹筏一下子就借助浮力从水底钻了出来——我悬着的心总算是放下了。再回头看看外婆，她的裤腿已全被浸湿了，此刻正在一旁不停地抱怨着呢！

　　船行了许久，远处的山由远而近地"跑"到了我的两侧。如果你此时仰头一望，恐怕绝大多数人都会惊叹一句："哇，真高啊！"这山虽然表面的颜色和我们家乡的相差无几，可是它既不像内蒙的草原一马平川，无边无际；也不像我们赣南的小山包，连绵起伏——它们都是独立一座，拔地而起，形状独特，不与任何其他山岭连接的！它们可以高至几十层楼，也可以矮到两三米——实在是一大奇观！

　　到了河流分岔的地方，河中央还出现了几个没被淹没的小岛。岛上种着笔直的竹子，看起来像是人工种植的。因为这里的植被更多，生长得更茂盛，所以这里的空气也比沿途更加清新，大家都不由自主地多吸了几口。

　　在竹荫中，我们匀速前进，不一会儿驶出了这个天然大氧吧。接着又有惊无险地过了几个断崖小瀑布，就在我纳闷水流怎么突然变缓了，船怎么渐渐慢了起来时，外婆拍了拍我的肩，又指了指前方的一座桥——工农桥，告诉我：终点已经不远了。

　　竹筏停稳了许久，我才恋恋不舍地上了岸。上了岸走了好一段路，我还时不时地回头望，想再多看几眼那美丽多情的遇龙河……

回去吧，小燕子

文 / 陈雨婷

一天，我做完作业，正准备出去玩。忽然，"嘣"的一声把我吓了一跳。我急忙出去看个究竟，原来是屋前的小燕子和它的窝掉了下来。我把小燕子和窝放在手上，心里想："小燕子的父母哪里去了，估计它们出去寻找食物了，或者已经搬到别的地方去了。"

过了一会儿，小燕子展开翅膀，望着我像要说什么似的。看到小燕子一副可怜的样子我就想帮助它，心想："我为什么不把小燕子放在家里养几天呢？等它康复了，再让它走。"这样想时，我就开始找笼子。找到后就把小燕子放到里面。

经过一段时间的相处，小燕子和我渐渐地熟悉起来。无聊的时候，我就去逗逗小燕子，和它说说心里话。我还给它取了一个好听的名字"黑黑"。

在天天给小燕子喂食的过程中，我发现它最喜欢的食物是米和水。同时，我还发现它有一个特点，就是吃完饭就睡觉，睡醒后就在笼子里乱飞乱叫。然而，只要见到我来了，它就会马上安静下来，静静地看着我。后来，我还发现小燕子喜欢看蓝天。我想它一定是想它的妈妈了，于是，我就决定放它走。一次，给它喂食时，等它吃饱后，我把笼子门打开，对它说："小燕子，去找你的妈妈吧，蓝天才是你的家。"小燕子从笼子出来后，依依不舍地飞向了天空，飞向它想去的地方。

春天真美

文 / 张小兰

春天来了，春天真美，你看那万紫千红的花开了，燕子飞回来了，麦苗醒过来了……这一切不都是春天美的象征吗？

原野里的野花，像小星星一样闪闪地眨着眼睛。田园里的油菜花，开得黄灿灿的，微风吹着，一阵清香扑鼻而来，令人心旷神怡。村头的桃花开得像一片美丽的彩霞，散发出一阵诱人的芳香，吸引着无数的蜜蜂前来采蜜，为春天增加了不少乐趣。麦苗像一块绿色的大地毯，舒展着嫩绿的叶子，在微风中频频摇着小手，向人们欢快地打招呼。河边的柳树发芽了，那嫩嫩的叶芽像一个个调皮的小脑袋，望着四周装饰一新的花花绿绿的世界。燕子从南方飞回来了，它累了，停在电线杆上唧唧喳喳地叫，好像在说："春天真美，春天真美！"

呀，春天真美！

快乐采摘

文 / 刘祥杰

深秋的一天,我和爸爸妈妈去探望爷爷和奶奶。每次去奶奶家我都喜欢去领略一下大自然馈赠给我们的美丽风景,那美丽风景就是奶奶居住的村庄的菜园、小溪和田野。

这次也不例外。午饭后,奶奶找来了精致的菜篮子,我跟奶奶、妈妈就快快乐乐地出发了。走在弯弯曲曲的乡间小路上,看着路旁的喇叭花和一簇挨着一簇的不知名的野花,我高兴极了,像一只放飞的小鸟,一路上蹦蹦跳跳,时而采朵喇叭花,时而凑上去闻闻花香。

奶奶家的菜地在大菜园的中间,大约占地50平方米,里面种了许多可口的蔬菜。菜地前面种着大白菜,后面种着芸豆,中间种萝卜。先来说说大白菜吧,大白菜中间有一个菜心,又肥又大的白菜叶便合拢在菜心周围,白菜叶绿得发亮,远远看上去绿油油的一片,好像是秋冬之交出现了一个灿烂的春天。芸豆快要枯了,架子也没以前整齐了,枯黄的叶子中间零星地挂着几个白里透着红色的长芸豆。再来说说这群调皮的大萝卜吧。青色的大萝卜,有的躺着长,有的仰着长,有的是S形,有的是L形,东倒西歪像一群淘气的孩子。别看它们长得不整齐,但它们都又粗又壮,像一个个胖子,萝卜叶长得绿油油的,就像大公鸡的尾巴。

我终于有了亲自摘菜的机会,便在芸豆架下快乐地穿梭,不一会儿就摘了半篮子既美味又好吃的芸豆。摘完芸豆后我又去拔又大又肥的萝卜。别看这些萝卜的身体大部分都露在外面，但是根却扎得很深，把它们拔起来需要用很大的力气。拔萝卜的过程中，我不由自主地联想到小时候唱过的儿歌《拔萝卜》："拔萝卜，拔萝卜，拔呀拔呀拔不动……"这萝卜分明是在告诉我做人要扎扎实实，要把根深扎在土地里。

看着自己亲自摘的各种各样的蔬菜，我心里高兴极了。这乡村美丽的菜园使我流连忘返。

琴棋书画诗酒花茶

摘编 / 韵文

琴

知音一曲百年经,荡尽红尘留世名。
落雁平沙歌士志,鱼樵山水问心宁。
轻弹旋律三分醉,揉断琴弦几处醒?
纵是真情千万缕,子期不在有谁听?

棋

无声无息起硝烟,黑白参差云雨颠。
凝目搜囊巧谋略,全神贯注暗周旋。
山穷水尽无舟舸,路转峰回别样天。
方寸之间人世梦,三思落子亦欣然。

书

无芳无草也飘香,石砚研飞墨染塘。
笔走龙蛇盘九曲,鸾翔凤翥舞三江。
庐山峻岭隐深处,人面桃花映满墙。
铁画银钩书万古,春秋雅事一毫藏。

画

云雨山川素纸装，晓风残月入华章。
一毫漫卷千秋韵，七彩融开几度芳。
山路松声和涧响，雪溪阁畔画船佯。
谁人留得春常在，唯有丹青花永香。

诗

推敲平仄著新篇，酷爱诗魂已近癫。
朝赋别离悲又怨，暮吟相聚笑还怜。
春花秋雨尽成韵，晓月寒霜皆入联。
偶得佳词忘所以，唐风一揽不知年。

酒

淡淡馨香微透光，杏花村外送芬芳。
别君执手情无限，会友斟杯醉亦狂。
常伴骚人对月饮，又随墨客绕诗佯。
天涯万里情归路，唯我金樽最爱乡。

花

枯枝叶底待欣阳，终是情开暗透芳。
红颊含羞窥蝶舞，朱唇轻启唱蜂忙。
邀来春色满园秀，撷取清风一地香。
流落尘埃无怨悔，新生由此看兴昌。

茶

枯枝叶底待欣阳,终是情开暗透芳。
日月精华叶底藏,静心洗浴不张扬。
悄融四海千河色,暗润千年四季香。
窗外闲风随冷暖,壶中清友自芬芳。

大树哲学

摘编 / 鲁树

成为一棵大树的第一个条件：时间！

大树说：绝对没有一棵大树是树苗种下去，马上就变成大树，一定是岁月刻画着年轮，一圈圈往外长！要想成功，一定要给自己时间！时间就是经验的积累！

成为一棵大树的第二个条件：不动！

大树说：绝对没有一棵大树，第一年种在这里，第二年种在那里，而可以成为一棵大树，一定是千百年来，经风霜，历风雨，屹立不动！要想成功，一定要"经风霜、历雨露而不悔"！

成为一棵大树的第三个条件：根基！

大树说：我有千百万条根，粗根、细根、微根，深入地底，忙碌而不停地吸收营养，成长自己。绝对没有一棵大树，没有根！也绝对没有一棵大树的根不深入地底！要想成功，一定要不断学习！不断充实自己！

成为一棵大树的第四个条件:向上长!

大树说:绝对没有一棵大树只向旁边长,长胖不长高。一定是先长主干再长细枝,互有空间,越向上长,空间越大,越能成为一棵大树!要想成功,一定要向上!不断向上才会有更大的空间!

成为一棵大树的第五个条件:向光!

大树说:绝对没有一棵大树长向坑洞,长向黑洞。积极地向光生长,就是大树的希望所在,就是为了争取更多光明!要想成功,一定要心向光明!所有挫折都是成长!所有不如意都能善意解释!

勿忘草

文 / 梁遇春

一

Butler 和 Stevenson 都主张我们应当衣袋里放一本小簿子，心里一涌出什么巧妙的念头，就把它抓住记下，免得将来逃个无影无踪。我一向不大赞成这个办法，一则因为我总觉得文章是"妙手偶得之"的事情，不可刻意雕出。那大概免不了三分"匠"意。二则，既然记忆力那么坏，有了得意的意思又会忘却，那么一定也会忘记带那本子了，或者带了本子，没有带笔，结果还是一个忘却，倒不如安分些，让这些念头出入自由吧。这些都是壮年时候的心境。

近来人事纷扰，感慨比从前多，也忘得更快，最可恨的是不全忘去，留个影子，叫你想不出全部来觉得怪难过的。并且在人海的波涛里浮沉着，有时颇顾惜自己的心境，想留下来，做这个徒然走过的路程的标志。因此打算每夜把日间所胡思乱想的多多少少写下一点儿，能够写多久，那是连上帝同魔鬼都不知道的。

二

老子用极恬美的文字著了《道德经》，但是他在最后一章里却说："信言不美，美言不信。"大有一笔勾销前 80 章的样子。这是抓到哲学核心的智者的态度。若使他没有看透这点，他也不会写出这五千言了。天下事讲来讲去讲到彻底时正同没有讲一样，只有知道讲出来是没有意义的人才会讲那么多话，又讲得那么好。Montaigne（蒙塔涅，法国散文家），Voltaire（伏尔泰，法国启蒙思想家），Pascal（帕斯卡，法国数学家、物理学家、哲学家），Hume（休谟，英国哲学家、历史学家、经济学家）说了许多的话，却是全没有结论，也全因为他们心里是雪亮的，晓得万千种话一灯青，说不出什么大道理来，所以他们会那样滔滔不绝，头头是道。天下许多事情都是翻筋斗，未翻之前是这么站着，既翻之后还是这么站着，然而中间却有这么一个筋斗！

镜君屡向我引起庄子的"道隐于小成，言隐于荣华"，又屡向我盛称庄生文章的奇伟瑰丽，他的确很懂得庄子。

三

我现在深知道"忆念"这两个字的意思，也许因为此刻正是穷秋时节吧。忆念是没有目的、没有希望的，只是在日常生活里很容易触物伤情，想到千里外此时有个人不知道作什么生。有时遇到极微细的，跟那人绝不相关的情境，也会忽然联想起那个穿梭般出入我的意识的她，我简直认为这念头是来得无端。忆念后又怎么样呢？没有怎么样，我还是这么一个人。那么又何必忆念呢？但是当我想不去忆念她时，我这想头就剩忆念着她了。当我忘却了这个想头，我又自然地忆念起来了。我可以闭着眼睛不看外界的东西，但是我的心眼总是清炯炯的，总是睇着她的倩影。在欢场里忆起她时，我感到我的心境真是静悄悄得像老人了。在苦痛时忆起她时，我觉得无限的安详，仿佛以为我已挨尽一切了。总之，我时时的心境都经过这么一种洗礼，不管当时的情绪为何，那色调是绝对一致的，也可以说她的影子永离不开我了。

"人间别久不成悲",难道已浑然好像没有这么一回事吗?不,绝不!初别的时候心里总难免万千心绪起伏着,就构成一个光怪陆离的悲哀。当一个人的悲哀变成灰色时,他整个人溶在悲哀里面去了,惆怅的情绪既为他日常心境,他当然不会再有什么悲从中来了。

梦中花雨

文 / 徐蔚南

绍兴的旧迹,有些是久湮了。依着鉴湖波光而在的快阁,它的倾颓不知是在哪一年,实在减去这一带风景的部分颜色。

快阁的美丽要到旧文章里去寻,即如《花间集》中夹着的那朵紫藤花,纵使"花色早褪了,花香早散了",仍可以忆起一天的花雨和如梦的眠歌。

鉴湖上方的天空,仿佛总浸着浓湿的雨意,催我又去浮想快阁的花景。一片片飞香的淡影轻盈地飘入徐蔚南《快阁的紫藤花》里。仰对今宵的明月,我宛若厮守阁前满架如笑的繁花而追梦去了。

江南园林中的佳境,远非快阁一处,只因这里曾留陆放翁饮酒赋诗的影子而值得慕古的士人来游。蘸着烟雨般的水墨绘心底的梦影,是徐蔚南落笔的缘起。沈园中凄婉的调子远离着他的文字,他唯求将阁前阁后不逝的欢情移往纸面,让随风的愁红犹忆艳阳下花彩的缤纷。徐蔚南的写花,以意在先,恰是元人诗的情味:"花魂迷春招不归,梦随蝴蝶江南飞。"盛开在后园的紫藤花,在他看,似乎摇身成了快阁的主人。相伴的风光"美丽得远胜人间锦绣":远方山影一抹青苍,近处的春野上,紫云英的绯红、豌豆叶的鲜绿、油菜花的灿黄,配着湖面飞来的渔家的船歌,足可当画。山阴道上的无边风月,久望而不知倦。快阁的择址,真是占尽山水的绝胜。陆放翁的诗酒流连,正有一番道理。我假定得了这样的居处，虽不胜饮，怕也会悠然自醺了。

徐氏笔墨多在快阁后园的两架紫藤上。花容写尽，犹未适意，又用了一点辞格上的拟人法，把满目彩花写得热热闹闹："我在架下仰望这一堆花、一群蜂，我便想象这无数的白花朵是一群天真无垢的女孩子，伊们赤裸裸地在一块儿拥着、抱着、偎着、卧着、吻着、戏着；那无数的野蜂便是一大群男孩，他们正在唱歌给伊们听，正在奏乐给伊们听。渠们是结恋了。渠们是在痛快地享乐那阳春。渠们是在创造只有青春只有恋爱的乐土。"心醉花丛的徐蔚南，恰是二十几岁的青年，选了这般精隽的字眼、这般灵活的句式表现着对于春花的赞美，古人赏花诗的长吟短叹仿佛无好处可夸。只说那一串有情味的动词，就是我苦想不来的。

另一架紫藤，浮着青莲色，同旁邻的白紫藤色泽不同，情味也就相迥："很奇异，在这架花上，野蜂竟一只也没有。落下来的花瓣在地上已有薄薄的一层。原来这架花朵的青春已逝了，无怪野蜂散尽了。"快阁为之空旷，只好怅叹花期的难如人意了。不过，"和那白色的相比，各有美处。但是就我个人说，却更爱这青莲色的，因为淡薄的青莲色呈在我眼前，便能使我感得一种和平，一种柔婉，并且使我有如饮了美酒，有如进了梦境"。看游丝落絮而不凝眉，大约也是《葬花吟》中所无的。花色不同的两架紫藤，一个是蓬勃的春，一个是静美的秋，自然之花在纸上一荣一枯，字缝中潜含的则是人生意味。

照《绍兴古迹笔谭》所说，快阁邈矣，临河只剩下一个台门斗。小园香径都随日月去了，颇有怕读桃花人面词之感。风晨雨夕，倚枕凭阑，目送江南芳菲，还是静心为快阁描画旧貌吧。

夏虫之什（节选）

文 / 缪崇群

楔子

在这个火药弥天的伟大时代里，偶检破箧，忽然得到这篇旧作；稿纸已经黯黄，没头没尾，不知从何说起，也不知到何处为止，摩挲良久，颇有啼笑皆非之感。记得往年为宇宙之大和苍蝇之微的问题，曾经很热闹地讨论过一阵，不过早已事过境迁，现在提起来未免"夏虫语冰"，有点不识时务了。好在当今正是炎炎的夏日，对于俯拾即是的各种各样的虫子，爬的飞的叫的，都是夏之"时者"，就乐得在夏言夏，应应景物。即或有人说近乎赶集的味道，那好，也还是在赶呀。只是，童子雕虫篆刻，壮夫所不为罢了。

添上这么一个楔子，以下照抄。恐怕说不清道不明，就在每节后边添个名儿，庶免有人牵强附会当作谜猜，或怪作者影射是非云尔。

一、人虫泛论

在小学和中学时代读过的博物科——后来改作自然和生物科了，我所得到的关于这方面的知识似乎太少了。也许因为人大起来了，对于这些知识反倒忘记，这里能写得出的一些虫子，好像还是在以前课本上所看到的一些图画，不然就是亲自和他们有过交涉的。

最不能磨灭的印象是我在小学《修身》或《国文》课里所读过的一篇文章。大意说，有一个孩子，居然在大庭广众之前，他辩证了人的存在是吃万物，还是蚊子的存在为着吃人的这个惊人的问题。从幼小的时候到成年，到今日，我不大看得起人果真是万物的灵的道理，和我从来也并不敢小视蚊虫的观念，大约都受了他的影响。

偶翻线装书，才知道我少小时候所读的那一课，是出于列子的《说符篇》。为着我谈虫有护符起见，就附带把它抄出：

"齐田氏祖于庭，食客千人，坐中有献鱼雁者，田氏视之，乃叹曰：

'天之于民，厚矣！殖五谷，生鱼鸟，以为之用。'众客和之如响。鲍氏之子年十二，预于次，进曰：

'不如君言，天地万物，与我并生类也，类无贵贱，徒以小大智力而相制，迭相食，非相为而生。人取可食者而食之，岂天本为人生之？且蚊蚋肤，虎狼食肉，非天本为蚊蚋生人，虎狼生肉者哉？！'"

二、蝇

红头大眼，披着金光闪烁的斗篷，里面衬一件苍点或浓绿的贴身袄，装束得颇有些类似武侠好汉，但是细细看他的模样，却多少带着些乡婆村姑气。

也算是一种证实的集团的动物了，除了我们不能理解的他们的呼声和高调之外，每个举止风度，都不失之为一个仪表堂堂的人物。

趋炎走势，视膻臭若家常便饭的本领，我们人类在他们之前将有愧色。向着光明的地方百折不回，硬碰头颅而无任何顾虑的这种精神，我们固然不及；至如一唱百和，飘然而来，飘然而去的态度，我们也将瞠乎其后的。

兢兢业业地，我从来不曾看见他们阖过一次眼，无时无刻不在摩拳

擦掌地想励精图治的样子，偶尔难以两臂绕颈，作出闲散的姿势，但谁可以否认那不是埋头苦干挖空心机的意思。

遗憾的只是谁都对于他们的出身和居留地表示反感，甚至于轻蔑，谩骂，使他永远诅咒着他们再也诅咒不尽的先天的缺陷。湮没了自身的一切，熙熙攘攘的度了一个短促的时季，死了，虽然也和人们一样的葬身于粪土之中。

人类的父母是父母，子弟是子弟，父母的父母是祖先——而他们的祖先是蛆虫，他们的后人也是蛆虫，这显然不同的原因，大约就是人类会穿衣吃饭，肚子饱了，又有遮拦，他们始终是虫，所以不管他们的祖先和后人也都是蛆了。

出身的问题，竟这样决定了每个生物的运命，我不禁惕然！

但无论如何，他总算是一员红人，炎炎时代中的一位时者，留芳乎哉！遗臭乎哉！

三、蛇

想着他，便憧憬起一切热带的景物来。

深林大沼中度着寓公的生活，叫他是土香土色的草莽英雄也未为不可。在行一点儿的人们，却都说他属于一种冷血的动物。

花色斑斓的服装，配着修长苗条的身躯，真是像一个秀色可餐的女人，但偏偏有人说女人倒是像他。

这世界上多的是这样反本为末、反末为本的事，我不大算得清楚了。

且看他盘着像一条绳索，行走起来仿佛在空间描画着秀丽的峰峦，碰他高兴，就把你缠得不可开交，你精疲力竭了，他才开始胜利地昂起了头。莎乐美捧着血淋淋的人头笑了；他伸出了舌尖，火焰一般的舌尖,那热烈的吻,够你消受的!

据说他的瞳孔得天独厚,他看见什么东西都是比他渺小,所以他不怕一切地向前扑去,毫不示弱,也许正是因为人的心眼太窄小了,明明是挂在墙上的一张弓,映到杯里的影子也当作了他的化身,害得一场大病。有些人见了他,甚至于急忙把自己的屁眼也堵紧,以为无孔不入的他,会钻了进去丧了性命——其实是同归于尽——像这种过度的神经过敏症、过度的恐怖病,不是说明了人们是真的渺小吗?

幸亏他还没有生着脚,固然给画家描绘起来省了一笔事,可是一些意想不到的灵通,也就叫他无法实现了。

计谋家毕竟令人佩服,说打一打草也是对于他的一种策略。渺小的人们,应该有所憬悟了吧?

虽然,象征着中国历代帝王的那种动物,龙,也不过比他多生了几根胡须,多长了几条腿和爪子罢了。

四、萤

不与光明争一日的短长,永远是黑夜里的游客。在月光下的池畔,也常常瞥见他的踪影,真好像一条美丽的白鱼。细鳞被微风吹翻了,散在水上,荡漾着,闪动着。从不曾看见鬼火是一种什么东西的我,就臆测着他带着那个小小灯笼是以幽灵为膏烛的。

静静地凝视着他,他把星星招引来了,他也会牵人到黑暗的角落里去。自己仿佛眩迷了,灵魂如同披了一件轻细的纱衣,恍惚地融在黑暗里,又恍惚地在空中飘舞了一阵,等回复了意识之后,第一就想把自己找回来,再则就要把他捉住。

在孩提的时候,便受了大人的告诫:"飞进鼻孔里会送命。"直到如今仍旧切记不忘。我以为这种教训正是"寓禁于征"的反面的作用。

和"头悬梁,锥刺股"相媲美的苦读生的故事,使这个小虫的令名,也还传留在所谓书香人家的子弟耳里。

不过,如今想来,苦读虽好,企图这一点点光亮,从这个小虫子身上打算进到富贵功名的路途,却也未免抹煞风景了。我希望还是把它当一项时代参考的资料为佳。

欣喜着这个小虫子没有绝种——会飞的、会流的星子,夏夜里常常无言地为我画下灵感的符号;漂着我的心绪,现着,却不能再度寻觅的我所向往的那些路迹。

虽没有刺目的光明,可是他已经完成了使黑暗也成为裂隙的使命了。

五、蜈蚣

"百足之虫,死而不僵。"多半是说着他了。

首尾断置,不僵,又该怎样?这个问题我是颇有提出来讨论一下的兴致的。就算他有一百只足,或是一百对足吧,走起来也并不见得比那一条腿都没有的更快些。我想,这不僵的道理,是"并不在乎"吗?那么腿多的到底是生路也多之谓么;或者,是在观感上叫人知道他死了还有那么多摆设吗?

有着五毒之一头衔的他,其名恐怕不因足而显吧?

亏得鸡有一张嘴,便成了他的力敌,管他腿多腿少,死而不僵,或是僵而不死;管他头衔如何,有毒无毒,吃下去也并没有翘了辫子。所以我们倒不必斤斤责说"肉食者鄙"的话了。

六、蝉

今天开始听见他的声音,像一个阔别的友人,从远远的地方归来,虽还没有和他把晤,知道他已经立在我的门外了。也使我微微地感伤着:春天,挽留不住的春天,等到明年再会吧。

谁都厌烦他把长的日子拖着来了,他又把天气鼓噪得这么闷热。但谁会注意过一个幼蛹,伏在地下,藏在树洞里……经过了几年甚至于一二十年长久的蛰居的时日,才蜕生出来看见天地呢?一个小小的虫豸,他们也不能不忍负着这么沉重的一个运命的重担!

运命也并不一定是一出需要登场的戏剧哩。

鱼为了一点点饵食上了钩子,岸上的人笑了。孩子们只要拿一根长长的竿子,顶端涂些胶水,仰着头,循着声音,便将他们粘住了。他们并不贪求饵食,连孩子们都知道很难养活他们,因为他们不能受着缚束与囚笼里的日子,他们所需要的唯有空气与露水与自由。

人们常常说"自鸣"就近于得意,是一件招祸的事;但又把不平则鸣当作一种必然的道理。我看这个世界上顶好的还是做个哑巴,才合乎中庸之道吧?

话说回来,他之鸣,并非"得已(意)",螳螂搏着他,也并未作声,焉知道黄雀又跟在他后面呢?这种甲被乙吃掉,甲乙又都被丙吃掉的真实场面,可惜我还没有身临其境,不过想了想虫子也并不比人们更倒霉些罢了。

有时,听见一声长长的嘶音,掠空而过,仰头望见一只鸟飞了过去,嘴里就衔着了一个他。这哀惨的声音,唤起了我的深痛的感觉。夏天并不因此而止,那些幼蛹,会从许多的地方生长起来,接踵地攀到树梢,继续地叫着,告诉我们:夏天是一个应当流汗的季候。

我很想把他叫作一个歌者,他的歌,是唱给我们流汗的劳动者的。

七、壁虎

桃色的传说，附在一个没有鳞甲的，很像小鳄鱼似的爬虫的身上，居然迄今不替，真是一件令人不可思议的事了！

守宫——我看过许多书籍，都没有找到一个真实可以显示他的妙用的证据。

所谓宫，在那里面原是住着皇帝，皇后，和妃子等等的一类神圣不可侵犯的人物——男的女的主子们，守卫他们的自然是一些忠勇的所谓禁军们，然而把这样重要的使命赋与一个小虫子的身上，大约不是另有其他的缘故，就是另有其他的解释了。

凭他飞檐走壁的本领，看守宫殿，或者也能够胜任愉快。记得小时候我们常常捉弄他，把他的尾巴打断了，只要有一小截，还能在地上里里外外地转接成几个圈子，那种活动的小玩意儿，煞是好看的，至于他还有什么妙用，在当时是一点儿也不能领悟出来。

所谓贞操的价值，现在是远不及那些男用女用的"维他赐保命"贵重，他只好爬在墙壁上称雄而已。

关于那桃色的传说，我想女人们也不会喜欢听的，就此打住。

八、蝎

北方人家的房屋，里面多半用纸裱糊一道。在夜晚，有时听见顶棚或墙壁上司拉司拉的声响，立刻将灯一照，便可以看见身体像一只小草鞋的虫子，翘卷着一个多节的尾巴，不慌不忙地来了。尾巴的顶端有个钩子，形象一个较大的逗号"，"。那就是他的自卫的武器，也是因为有了这么一个含毒的螫子，所以他的名望才扬大了起来。

人说他的腹部有黑色的点子，位置各不相同，八点的像张"人"牌，十一点的像张"虎头"……一个一个把他们集了起来，不难凑成一副骨牌——我不相信这种事，如同我不相信赌博可以赢钱一样。（倘如平时有人拿这副牌练习，那么他的赌技恐怕就不可思议了。）

有人说把他投在醋里，隔一刻儿便能化归乌有。我试验了一次，并无其事。想必有人把醋的作用夸得太过火了。或许意在叫吃醋的人须加小心，免得不知不觉中把毒物吃了下去。

还有人说，烧死他一个，不久会有千千万万个，大大小小的倾窠而出。这倒是多少有点使人警惕了。所以我也没敢轻于尝试一回，果真前个试验是灵效，我预备一大缸醋，出来一个化他一个，岂非成了一个除毒的圣手了么？

什么时候回到我那个北方的家里，在夏夜，摇着葵扇，呷一两口灌在小壶里的冰镇酸梅汤，听听棚壁上偶尔响起了的司拉司拉的声音……也是一件颇使我心旷神怡的事哩。

大大方方地翘着他的尾巴沿壁而来，毫不躲闪，不是比那些武装走私的，做幕后之宾的，以及那些"洋行门面"里面却暗设着销魂馆、福寿院的；穿了西装，留着仁丹胡子，腰间却藏着红丸、吗啡、海洛英的绅士们，更光明磊落些么？

"无毒不丈夫"的丈夫，也应该把他们分出等级才对。

雪

文 / 鲁彦

美丽的雪花飞舞起来了。我已经有三年不曾见着它。

去年在福建,仿佛比现在更迟一点儿,也曾见过雪。但那是远处山顶的积雪,可不是飞舞着的雪花。在平原上,它只是偶然地随着雨点洒下来几颗,没有落到地面的时候。它的颜色是灰的,不是白色;它的重量像是雨点,并不会飞舞。一到地面,它立刻融成了水,没有痕迹,也未尝跳跃,也未尝发出窸窣的声音,像江浙一带下雪子时的模样。这样的雪,在40年来第一次看见它的老年的福建人,诚然能感到特别的意味,谈得津津有味,但在我,却总觉得索然。"福建下过雪",我可没有这样想过。

我喜欢眼前飞舞着的上海的雪花。它才是"雪白"的白色,也才是花一样的美丽。它好像比空气还轻,并不从半空里落下来,而是被空气从地面卷起来的。然而它又像是活的生物,像夏天黄昏时候的成群的蚊蚋,像春天流蜜时期的蜜蜂,它的忙碌的飞翔,或上或下,或快或慢,或粘着人身,或拥入窗隙,仿佛自有它自己的意志和目的。它静默无声。但在它飞舞的时候,我们似乎听见了千百万人马的呼号和脚步声,大海的汹涌的波涛声,森林的狂吼声,有时又似乎听见了情人的切切的密语声,礼拜堂的平静的晚祷声,花园里的欢乐的鸟歌声……它所带来的是阴沉与严寒。但在它的飞舞的姿态中,我们看见了慈善的母亲,柔和的情人，活泼的孩子，微笑的花，温暖的太阳，静默的晚霞……它没有气息。但当它扑到我们面上的时候，我们似乎闻到了旷野间鲜洁的空气的气息，山谷中幽雅的兰花的气息，花园里浓郁的玫瑰的气息，清淡的茉莉花的气息……在白天，它做出千百种婀娜的姿态；夜间，它发出银色的光辉，照耀着我们行路的人，又在我们的玻璃窗上礼札地绘就了各式各样的花卉和树木，斜的，直的，弯的，倒的；还有那河流，那天上的云……

现在，美丽的雪花飞舞了。我喜欢，我已经有3年不曾见着它。我的喜欢有如40年来第一次看见它的老年的福建人。但是，和老年的福建人一样，我回想着过去下雪时候的生活，现在的喜悦就像这钻进窗隙落到我桌上的雪花似的，渐渐融化，而且立刻消失了。

记得某年在北京的一个朋友的寓所里，围着火炉，煮着全中国最好的白菜和面，喝着酒，剥着花生，谈笑得几乎忘记了身在异乡；吃得满面通红，两个人一路唱着，一路踏着吱吱地叫着的雪，踉跄地从东长安街的起头踱到西长安街的尽头，又忘记了正是异乡最寒冷的时候。这样的生活，和今天的一比，不禁使我感到惘然。上海的朋友们都像是工厂里的机器，忙碌得一刻没有休息；而在下雪的今天，他们又叫我一个人看守着永不会有人或电话来访问的房子。这是多么孤单，寂寞，乏味的生活。

"没有意思！"我听见过去的我对今天的我这样说了。正像我在福建的时候，对40年来第一次看见雪的老年的福建人所说的一样。

但是，另一个我出现了。他是足以对着过去的北京的我射出骄傲的眼光来的我。这个我，某年在南京下雪的时候，曾经有过更快活的生活：雪落得很厚，盖住了一切的田野和道路。我和我的爱人在一片荒野中走着。我们辨别不出路径来，也并没有终止的目的。我们只让我们的脚欢喜怎样就怎样。我们的脚常常欢喜踏在最深的沟里。我们未尝感到

这是旷野，这是下雪的时节。我们仿佛是在花园里，路是平坦的，而且是柔软的。我们未尝觉得一点儿寒冷，因为我们的心是热的。

"没有意思！"我听见在南京的我对在北京的我这样说了。正像在北京的我对着今天的我所说的一样，也正像在福建的我对着40年来第一次看见雪的老年的福建人所说的一样。

然而，我还有一个更可骄傲的我在呢。这个我，是有过更快乐的生活的，在故乡：冬天的早晨，当我从被窝里伸出头来，感觉到特别的寒冷，隔着蚊帐望见天窗特别的阴暗，我就首先知道外面下了雪了。"雪落啦白洋洋，老虎拖娘娘……"这是我躺在被窝里反复地唱着的欢迎雪的歌。别的早晨，照例是母亲和姊姊先起床，等她们煮熟了饭，拿了火炉来，代我烘暖了衣裤鞋袜，才肯钻出被窝，但是在下雪天，我就有了最大的勇气。我不需要火炉，雪就是我的火炉。我把它捻成了团，捧着，丢着。我把它堆成了一个和尚，在它的口里，插上一支香烟。我把它当作糖，放在口里。地上的厚的积雪，是我的地毯，我在它上面打着滚，翻着筋斗。它在我的底下发出咻咻的笑声，我在它上面哈哈地回答着。我的心是和它合一的。我和它一样的柔和，和它一样的洁白。我同它到处跳跃，我同它到处飞跑着。我站在屋外，我愿意它把我造成一个雪和尚。我躺在地上愿意它像母亲似的在我身上盖下柔软的美丽的被窝。我愿意随着它在空中飞舞。我愿意随着它落在人的肩上。我愿意雪就是我，我就是雪。我年轻。我有勇气。我有最宝贵的生命的力。我不知道忧虑，不知道苦恼和悲哀……

"没有意思！你这老年人！"我听见幼年的我对着过去的那些我这样说了。正如过去的那些我骄傲地对别个所说的一样。

不错，一切的雪天的生活和幼年的雪天的生活一比，过去的和现在的喜悦是像这钻进窗隙落到我桌上的雪花一样，渐渐融化，而且立刻消失了。

然而对着这时穿着一袭破单衣,站在屋角里发抖的或竟至于僵死在雪地上的穷人,则我的幼年时候快乐的雪天生活的意义,又如何呢?这个他对着这个我,不也在说着"没有意思"的话吗?

而这个死有余肤的他,对着这时正在零度以下的长城下,捧着冻结了的机关枪,即将被炮弹打成雪片似的兵士,则其意义又将怎样呢?"没有意思"这句话,该是谁说呢?

天呵,我不能再想了。人间的欢乐无平衡,人间的苦恼亦无边限。世界无终极之点,人类亦无末日之时。我既生为今日的我,为什么要追求或留恋今日的我以外的我呢?今日的我虽说是寂寞地孤单地看守着永没有人或电话来访问的房子,但既可以安逸地躲在房子里烤着火,避免风雪的寒冷;又可以隔着玻璃,诗人一般地静默地鉴赏着雪花飞舞的美的世界,不也是足以自满的吗?

抓住现实。只有现实是最宝贵的。

眼前雪花飞舞着的世界,就是最现实的现实。

看呵!美丽的雪花飞舞着呢。这就是我3年来相思着而不能见到的雪花。

雪花，你为什么不回家？

文 / 陈文浩

雪花，雪花，
你为什么不回家？
雪花说，因为，我要帮助小草和小花。
雪花，雪花，
你为什么背上有个网子呢？
雪花说，因为，我要安全着陆啊。
雪花，雪花，
你为什么不一下就着陆呢？
雪花说，因为，我要跟寒风玩耍。

春 韵

文 / 姚禹同

春天
小草萌了芽
大树萌了芽
万物都萌了芽
我的心也萌了芽
让这萌出的芽
扫去冬天的严寒
迎来春天的温暖
虽然我们萌出的芽不一样
但都是绿色的
深绿　浅绿
墨绿　翠绿
许多种绿交织在一起
就形成了春天
蓝天
白云
青草
红花
再加上一栋竹楼
就成了
春天的家

一片冰心一壶茶

文 / 尹宗国

台湾女作家三毛在书中说：阿拉伯人饮茶必饮三道，第一道苦若生命，第二道甜似爱情，第三道淡如微风。这算是阿拉伯人的茶道吧，寥寥几句，道出了茶之三味，也将三种心境跃然纸上。茶遇了水，泡出一壶清芬而已，在世俗人眼里本无其他奥妙，但在智慧的阿拉伯人那里，却是不同滋味的人生。

作为茶的发源地，中国人喝茶，更是有复杂讲究的，古人谓之茶道。再上等的佳茗，如不符合茶道而饮，则为暴殄天物不如不饮。大体而言，且不说喝茶之境、喝茶之人、煮茶之水以及所用之器，单以喝法而论，便名堂不少，足令外行人们叹为观止。若有闲情推究一下，可以发现，喝茶、饮茶、品茶等说法，并非是各种方言下的不同称谓，而是方式和境界层次的区别吧，一等为品，二等为饮，三等是喝。雅俗的分界便在这里了。

说到品茶，常被推崇的有《红楼梦》里妙玉的"三杯论"。它出自这部文学巨著的第四十一回"贾宝玉品茶栊翠庵"。曹雪芹笔下的妙玉尼姑是以杯数来区分喝茶的雅俗，"一杯为品，二杯即是解渴的蠢物，三杯便是饮牛饮骡了。"妙玉的高论虽然未必公允，却令好些人喝起茶来不敢轻易贪杯，免得与宝玉为伍，一起落在"超级蠢物"的"挨骂席"上。不过，话说回来，这场品茶小会的过程种种，则绘声绘色地尽情演绎了中国古代茶道。

　　首先说喝茶之境，栊翠庵花木繁盛，院落清幽，是极好的修行之所，也是品茶论道的好去处。而禅堂外的耳房，大约是寂寥中的寂寥吧，以妙玉的怪僻和高洁，应该是不染俗尘的人间绝境，自然非雅士不可入内的。所以，妙玉悄悄拉了宝黛二人去喝"私房茶"，雅士坐雅间，佳茗待佳人，理所当然地形成一种更加高雅的格调。试想一下，在这样的境地里喝茶，岂不令人身心俱醉而出凡入圣？只是，红尘喧嚣，浮华迷眼，大多数人是难遇这样一方人间净土的，一般只能随缘，随遇而安地享受袅袅茶香而已。然而，品茶也好，饮茶也罢，境地的选择总是一种要务。不同的境地，不同的意绪，感悟自然不同。

　　其次是喝茶之人，禅堂里头是供着菩萨的，冲了自然是罪过，耳房是雅间，更不能让俗人出入。因此，以刘姥姥之鄙俗固然不能踏越半步，贾母等众人是东家香客，以礼待于禅堂即可，甚至连宝玉那样的灵异之辈，在妙玉眼里，也是常常归于俗流的，而只能托宝黛二人之福来此消受一回。可见，光有雅境不行，要有雅士在座，方能尽得品茶之妙吧。佳茗入了俗人的口腹，虽然不到焚琴煮鹤的程度，恐怕总难免产生糟蹋可惜的感觉。所以说，同样佳茗当前，与哪类人物一起把盏，也是极其重要的。一类人物是一道风景，风景既殊，情怀必异。

　　再次是煮茶之水，妙玉给贾母献茶，用的是"旧年蠲的雨水"。她请宝黛吃体己茶，黛玉以为也是旧年的雨水，妙玉却冷笑道："你这么个人，竟是大俗人，连水也尝不出来！这是五年前我在玄墓蟠香寺住着，收的梅花上的雪，统共得了那一鬼脸青的花瓮一瓮，埋在地下，今年夏天才开了。你怎么尝不出来？"在她看来，连水也尝不出来的人，当然就是大俗人，哪里还谈得上品茶！可想而知，梅花上的雪自然冰清玉洁，且沾有梅花的香气，这样的水用来泡茶，肯定是不止口感醇正，亦且更添雅致了。虽然这不过是一种文化的渲染，并不足信，但现实中井水、泉水、河水、江水等各种水泡茶，味道确实迥然不同的吧。

最后是饮茶用具了，在妙玉看来，品茶功夫首在茶具，茶倒在其次。贾母带一大帮人到栊翠庵品茶，她亲自捧出一个海棠花式雕漆填金云龙献寿的小茶盘，里面放一个成窑五彩小盖钟，捧与贾母；其余众人都是一色的官窑脱胎填白盖碗。宝钗黛玉在耳房内吃体己茶，茶杯却是王恺珍玩一类的古董，与宝黛一般不同凡俗。宝玉要求"随乡入乡"，妙玉便找出一只九曲十环一百二十节蟠虬整雕竹根的一个大盏。至于她自己吃茶用的是绿玉斗，而刘姥姥吃了一口成窑五彩小盖钟里的茶之后，这小盖钟妙玉便不要了，可见她对茶具是多么讲究。而细想一下，这是一种饮茶的层次吧，即什么人用什么杯子，雅俗分际境界高下自然明了。

其实，妙玉本质上是一个有很浓厚文学气质的才女。这种文学气质甚至超越黛玉，达到士君子的程度，而所谓的怪僻是因高洁所致吧，所以她自称槛外人，与出家并无绝对关系。妙玉品茶虽然有些到了矫情的地步，但这高人之行，不正反映了她别样的人生！而从现实角度，则既是一场文化层面上的品茶演示，也将茶的文化承载尽情展现出来。

不过，完整意义上的茶道，远比妙玉品茶更为丰富，而且真的是微乎微乎，妙哉妙哉。茶有不同，境有不同，人有不同，水有不同，器有不同，过程种种不同何止万端，结果自然是心有不同，意有不同。再者，中国传统的茶道，其实是至少融合了儒、释、道三家思想的，一壶茶中，一杯茶下，儒家的礼、释家的禅、道家的玄一起涌至，加上什么人情世态、古往今来，全部汇集其中了。而事实上妙玉的"三杯论"也只是特殊情境下的产物，不足为凭，也不必拘泥的。真正爱茶，管他东西南北风，一杯、两杯乃至数几杯，那是何等的畅快！即便是闲来品饮闽南功夫茶、铁观音"七泡有余香"，那茶香悠悠，心也悠悠，又何须在乎那一杯的"大限"呢？！

家乡素描

胡 同

文 / 朱湘

我曾经向子惠说过，词不仅本身有高度的美，就是它的牌名，都精巧之至。即如《渡江云》《荷叶杯》《摸鱼儿》《真珠帘》《眼儿媚》《好事近》这些词牌名，一个就是一首好词。我常时翻开词集，并不读它，只是拿着这些词牌名慢慢地咀嚼。那时我所得的乐趣，真不下似读绝句或是嚼橄榄。京中胡同的名称，与词牌名一样，也常时在寥寥的两三字里面，充满了色彩与暗示，好像龙头井、骑河楼等名字，它们的美是毫不差似《夜行船》《恋绣衾》等词牌名的。

胡同是的省写。据文字学者说，是与上海的弄一同源自巷字。元人李好古作的《张生煮海》一曲之内，曾经提到羊市角头砖塔儿，这两个字入文，恐怕要算此曲最早了。各胡同中，最为国人所知的，要算八大胡同；这与唐代长安的北里，清末上海的四马路的出名，是一个道理。

京中的胡同有一点最引人注意，这便是名称的重复：口袋胡同、苏州胡同、梯子胡同、马神庙、弓弦胡同，到处都是，与王麻子、乐家老铺之多一样，令初来京中的人，极其感到不便，然而等我们知道了口袋胡同是此路不通的死胡同，与"闷葫芦瓜儿""蒙福禄馆"是一件东西。苏州胡同是京人替住有南方人不管他们的籍贯是杭州或是无锡的街巷取的名字。弓弦胡同是与弓背胡同相对而定的象形的名称。以后我们便会觉得这些名字是多么有色彩，是多么胜似纽约的那些单调的什么Fifth

Avenue，Fourteenth Street，以及上海的侮辱我国的按通商五口取名的什么南京路、九江路。那时候就是被全国中最稳最快的京中人力车夫说一句："先儿，你多给两子儿"，也是得偿所失的。尤其是苏州胡同一名，它的暗示力极大。因为在当初，交通不便的时候，南方人很少来京，除去举子；并且很少住京，除去京官。南边话同京白又相差得那般远，也难怪那些生于斯、卒于斯、眼里只有北京、耳里只有北京的居民，将他们聚居的胡同，定名为苏州胡同了。（苏州的土白，是南边话中最特彩的；女子是全国中最柔媚的）梯子胡同之多，可以看出当初有许多房屋是因山而筑，那街道看去是如梯子似的。京中有很多的马神庙，也可令我们深思，何以龙王庙不多，偏多马神庙呢？何以北京有这么多马神庙，南京却一个也不见呢？南人乘舟，北人乘马，我们记得北京是元代的都城，那铁蹄直踏进中欧的鞑靼，正是修建这些庙宇的人呢。燕昭王为骏骨筑黄金台，那可以说是京中的第一座马神庙了。

　　京中的胡同有许多以井得名。如上文提及的龙头井以及甜水井、苦水井、二眼井、三眼井、四眼井、井儿胡同、南井胡同、北井胡同、高井胡同、王府井，等等，这是因为北方水分稀少，煮饭、烹茶、洗衣、

沐面，水的用途又极大，所以当时的人，用了很笨缓的方法，凿出了一口井之后，他们的快乐是不可言状的，于是以井名街，纪念成功。

胡同的名称，不特暗示出京人的生活与想象，还有取灯胡同、妞妞房等类的胡同。不懂京话的人，是不知何所取意的。并且指点出京城的沿革与区分：羊市、猪市、骡马市、驴市、礼士胡同、菜市、缸瓦市，这些街名之内，除去猪市尚存旧意之外，其余的都已改头换面，只能让后来者凭了一些虚名来悬拟当初这几处地方的情形了。户部街、太仆寺街、兵马司、缎司、銮舆卫、织机卫、细砖厂、箭厂，谁看到了这些名字，能不联想起那辉煌的过去，而感觉一种超现实的兴趣？

黄龙瓦、朱垩墙的皇城，如今已将拆毁尽了。将来的人，只好凭了皇城根这一类的街名，来揣想那内城之内、禁城之外的一圈皇城的位置罢？那丹青照耀的两座单牌楼呢？那形影深嵌在我童年想象中的壮伟的牌楼呢？它们哪里去了？看看那驼背龟皮的四牌楼，它们手拄着拐杖，身躯不支的，不久也要追随早夭的兄弟于地下了！

破坏的风沙，卷过这全个古都，甚至不与人争韬声匿影如街名的物件，都不能免于此厄。那富于暗示力的劈柴胡同，被改作辟才胡同了；那有传说作背景的烂面胡同，被改作缦胡同了；那地方色彩浓厚的蝎子庙，被改作协资庙了。没有一个不是由新奇降为平庸，由优美流为劣下。狗尾巴胡同改作高义伯胡同，鬼门关改作贵人关，勾阑胡同改作钩帘胡同，大脚胡同改作达教胡同：这些说不定都是巷内居者要改的，然而他们也未免太不达教了。阮大铖住南京的裆巷，伦敦的 Botten Row 为贵族所居之街，都不曾听说他们要改街名，难道能达观的只有古人与西人吗？内丰的人，外啬一点，并无轻重。司马相如是一代的文人，他的小名却叫犬子。《子不语》书中说，当时有狗氏兄弟中举。庄子自己愿意为龟。颐和园中慈禧后居住的乐寿堂前立有龟石。古人的达观，真是值得深思的。

福州小吃

文 / 唐宇佳

　　我出生在美丽的榕城——福州，它是一个山水环绕的滨海城市，有各种各样好吃的美食，十分诱人。现在，我就跟你聊聊福州的小吃吧！

　　在众多的福州小吃中，我最喜欢的是鱼丸，这也是福州人最喜欢的一道菜。一说到鱼丸，我的口水就"噼里啪啦"直往下流。鱼丸是用新鲜的鱼肉和地瓜粉做的，看上去像白色的乒乓球，一口咬下去，整个油汁涌入嘴里，吃起来味道十分鲜美。

　　我还爱福州的肉燕。相传，古代有位大官，吃厌了山珍。于是，厨师为他做了一道菜，用木棒将瘦肉打成泥，掺上地瓜粉，擀成皮，切成小块后包上肉馅儿，煮熟配汤吃。这道菜就是肉燕。福州肉燕，真的能让你吃了还想吃呢。

　　到福州，你一定会还听到"锅边糊"，那可是老福州们的最爱啦。锅边糊是用面片制成的，加入海鲜、胡椒、香菇、葱蒜，放入锅中，水烧开时迅速捞起就可以了。"锅边糊"味道鲜美可口，很早就闻名中外啦。

　　听了我的介绍，你动心了吧？告诉你，没吃过福州小吃，不算真正来过福州。如果你来福州旅游，记得一定要品尝福州的小吃哦！

鞭鞭生风螺陀转

文 / 向善华

打螺陀去啰!

那时候,村子里不管哪个孩子喊一声,都会赢得满院子的呼应。我顺手从门旮旯操起一杆鞭,飞奔而去。而那些不幸被父母捉住、扫地砍柴煮饭的伙伴,眼睁睁看着我们抡圆长鞭、口中啪啪啪、一路蹦蹦跳跳的背影,心中那个急,如今的孩子是无法体会的。等他们干完活,气喘吁吁、汗流浃背地连滚带爬跑到生产队晒谷场时,我们手中的鞭早就曜曜生风,将晒谷场抽打得灰尘飞扬硝烟弥漫了……

螺陀,书面上称陀螺。同样两个字,排列不同,味道就是不一样。螺陀,螺陀,我们用家乡土话,一直这么叫着,习惯成自然,亲切又温暖!

螺陀,下尖上圆,鞭子一抽,呼呼旋转,其乐陶陶。我们打的螺陀,都是用油茶树削成的。那时候,大人们汗一身泥一身地劳累,能隔一日半日不训人,就已经相当不错了,我们又怎敢劳驾父亲大人,帮我们削螺陀呢?干透的油茶树棒棒比石头还硬,我们刀钝力小,只能望"棒"兴叹!我们打起屋后油茶树的主意!用新鲜润湿的油茶树削螺陀,刚好。但油茶树关乎吃油大事,随便砍得的吗?于是,被护林员吓得屁滚尿流哭爹喊娘没收柴刀,甚至被父亲当着禁长的面儿噼里啪啦打屁股扇耳光,都成了家常便饭。

好在每一年秋天，我们都有一场螺陀盛宴！

一大早，母亲把我从床上叫起，说今天去摘油茶籽。让刚才那节未做完的梦靠一边去，让瞌睡虫靠一边去。那一刻，摘油茶籽就是独一无二的幸福！胸前挂一只小背篓，背篓里搁一把柴刀，我们猴一样爬上一棵棵高大的茶树。树上的我们彼此呼唤着一个个土掉牙的名字，"钢板，摘多少了？""两背篓了。你呢三伢子？""我也是！"大人们时不时招呼一声，"小心，小心点，别摔下来！"我们伸向茶砣子的手停下来，用力扬扬，又拍拍胸脯，大声回答，"没事儿，没事儿！"但总有一些危险的枝头，总有一些无法摘到的茶砣子。大人们打量好久，心有不甘，却又无计可施，终于扬起手中的柴刀。而这恰恰是我们孩子盼望许久的。醉翁之意不在酒！我们背篓里的柴刀，一次又一次，贪得无厌地挥向那些"危险"的茶树枝丫……砍去了碎枝散叶光秃秃的茶树枝干，嶙峋，遒劲，其中定有那么一节或几段，粗壮、圆实，经过一双双小手温暖的抚摸，它们终将旋转起来，成为生命的螺陀。

削螺陀，付出的是体力，考验的是耐心，倾注的是情感！夕阳西下，我们忙碌的身影投在乡村的黄昏，刀在手中，时而重砍，时而轻削。刀激动亢奋，啃下一边指甲，咬掉一块皮肉，丝丝痛感。哟，怎么流血了！竖起指头，放进嘴里，用力咂巴咂巴吮吸，呸出几口淡淡的血水，又没事一样继续削螺陀！试螺陀了！我们割来几根野桑条，撸叶剥皮。那桑条柔韧细软，顺时针绕在螺陀顶端，左手抓螺陀扣绳置于地，右手握鞭，朝外轻轻一拉，螺陀旋出去，甩开桑鞭，"啪啪啪"连抽数下，那螺陀一扭一拐，像极了丑小鸭！捡起地上那只螺陀，置于额前，眯起一只眼，旋过来，转过去，那模样，更像吃百家饭经验十足的乡下老木匠。几次三番，一只只崭新的螺陀就大功告成了，如春雨蘑菇，绽放在我们喜洋洋的切磋中，绽放在我们快乐的童年！

秋凉了，冬寒了，正是打螺陀的好日子！鞭鞭生风，声声清脆，螺陀转起来，快乐转起来。我们一个个抽得身子热乎乎，汗津津，直到寒不侵，邪不入！

打螺陀比赛，我更喜欢斯斯文文比气息。几个人先将自己的螺陀打得飞旋，一二三！同时抽完最后一鞭，然后屏息敛气，目不转睛地盯着自己的螺陀，巴望别人的螺陀先死！终于，第一只螺陀倒下了，它的主人蔫蔫的，脸羞得绯红，恨不得一脚踩个粉碎，但口中仍是不服，再来，再来！但有时，我们谁也按捺不住，虚张声势，我的螺陀就像没旋一样！是啊，动就是静，静就是动。现在想来，小小年纪无意之中竟一语道破了一种禅机！

岁月如梭，当年将螺陀打得飞转的孩子，如今已人到中年。谁都明白，只有扬起手中的鞭，日子才会不断地旋转。现在的孩子也玩螺陀，但那都是玩具市场上买来的，有电池哩，闪着光，唱着歌，只是手中没鞭，少了抽打的快乐！

鞭鞭生风螺陀转啊！

手里没鞭，人生的螺陀还能旋转多久？

大宇宙中谈博爱

文 / 胡适

"博爱"就是爱一切人。这题目范围很大。在未讨论以前,让我们先看一个问题:"我们的世界有多大?"我的答复是"很大!"我从前念《千字文》的时候,一开头便已念到这样的词句:"天地玄黄,宇宙洪荒。"宇宙是中国的字,和英文的意思差不多,都是抽象名词。

宇是空间(Space)即东南西北,宙是时间(Time)即古今旦暮。

《淮南子》说宇是上下四方,宙是古往今来。

宇宙就是天地,宙宇就是Time——Space。

古人能得"Universe"的观念实在不易,相当于今日的科学。

但古人所见的空间很小,时间很短,现在的观念已扩大了许多。考古学探讨千万年的事,地质学、古生物学、天文学等等不断的发现,更将时间空间的观念扩大。

现在的看法:空间是无穷的大,时间是无穷的长。

古人只见到八大行星,20年前只见九大行星。现在所谓的银河,是古代所未能想象得到的。以前觉得太阳很远,现在说起来算不得什么,因为比太阳远千万倍的东西多得很。

科学就这样地答复了"宇宙究竟有多大"这个问题。

现在谈第二点:博爱。

在这个大世界里谈博爱,真是个大问题。

广义的爱,是世界各大宗教的最终目的。墨子可谓中国历史上最了不起的人,可说是宗教创立者(Founder of Reidri),他提出"兼爱"为他的理论中心。兼爱就是博爱,是爱无等差的爱。墨子理论和基督教教义有很多相合的地方,如"爱人如己""爱我们的仇敌"等。

佛教哲学本谓一切无常,我亦无常,"我"是"四大"(土、水、火、风)偶然结合而成的,是十分简单的东西,因此无所谓爱与恨——根本不值得爱,也不值得恨。但早期佛教亦有爱的意念在:我既无常,可牺牲以为人。

和尚爱众生,但是佛教不准自食其力,所以有人称之为"叫化"(乞丐)宗教。自己的饭亦须取之于人,何能博爱?

古时很多人为了"爱",每次蹲坑(大便)的时候便想,想,大想一番,想到爱人。有些人则以身喂蚊,或以刀割肉,以自身所受的痛苦来显示他们对人的爱。这种爱的方法,只能做到牺牲自己,在现代的眼光看来,是可笑的。这种博爱给人的帮助十分有限,与现代的科学——工程、医学……所能给我们的"博爱"比起来,力量实在小得可怜。今日的科学增进了人类互助博爱的能力。就说最近意大利邮船遇难的事吧,短短的数小时内就救起千多人。近代交通、医学等的发达,减少了人类无数的痛苦。

我们要谈博爱,一定要换一观念。古时那种喂蚊割肉的博爱,等于开空头支票,毫无价值。现在的科学才能放大我们的眼光,促进我们的同情心,增加我们助人的能力。我们需要一种以科学为基础的博爱——一种实际的博爱。

孔子说:"修己以敬,修己以安人,修己以安百姓。"修己就是把自己弄好。我们应当先把自己弄好,然后帮助别人;独善其身然后能兼善天下。同学们,现在我们读书的时候,不要空谈高唱博爱;但应先努力学习,充实自己,到我们有充分能力的时候才谈博爱,仍不算迟。

明 耻

文 / 杜重远

张三的狗咬了李四的猫，李四必起而问罪于张三，认为这是一件可耻的事情。甲村的刘五回骂了乙村的王六，乙村必纠合赵七孙八……来与甲村宣战，甚至杀伤几条人命，也因认为这是一件奇耻大辱的事情。可见人是有血性的动物，羞恶之心与生俱来。语曰：知耻近乎勇，耻之为用大矣哉。

但是时代变迁，耻的观点也有不同。譬如前清时代，每人背后拖着一条无用的发辫，无论外人怎样的嘲骂，但那时若是短发光头的先生们，总觉羞答答难以见人。又如缠足风气最盛的地方，十七八岁的女郎容貌无论怎样的秀美，金莲若不小至三寸，便以为耻。听说云南的乡俗，为女择嫁时，先决条件，婿家须有三杆大烟枪。广东的阔大佬，最低的财产，必拥有半打以上的小老婆，如家里没有小老婆，就引以为耻。

可见"耻"是在各个社会里，都同。不合理的社会以不合理为荣，合理的社会方以不合理为耻。

某次，日本人在大连开产业博览会，南满铁路公司照例要赠送中国每个大官一张头等车票，以示优遇。记者虽非大官，以实业家的资格，同在被招徕之列。有某大官，携其十五龄幼子，同车去大连。车出沈阳一站，检票员忽来检票，问某公子年龄几何，某以实对。该铁路规章年逾14岁者，须购半票。检票员向某索票，某答曰："这是我的少爷。"检票员用半通不通的中国话玩笑着说："我要票不要少爷。"某大官深恐检票员不知他老人家的来历，于是由怀中掏出一张三寸多长二寸多宽的大卡片，上书"四等嘉禾章奉天实业厅长某……"递给检票员。检票员还是笑着说："这不是票！"此时满车中外客人的视线，全注视在这一幕滑稽剧上。记者实在忍耐不住，因向某大官婉劝："补一张半票算了吧。"某大官硬气十足，至死不肯，两方争持个不可开交。于是有一位满铁高级职员出面调停，向检票员用日语说："这是中国大官的脾气，宁肯丢人，不肯丢钱。这张半票由我代补好了。"检票员取得某职员的证明而去。这场风波，总算完了。一张半票，其价不过八元，但这位老官看来，坐火车买票是可耻的。而坐车揩油，丢国家体面却不算是耻。因此所谓"耻"也者，是随着各人的身份地位而各有不同的。

常见许多名流要人，天天谈话，教训别人应知羞耻。他们以为穷人做偷儿，是可耻的，而卖国分赃却不可耻。妓女接客是可耻的，而达官贵人，暮夜夤缘，却不可耻。在马路旁高喊老爷小姐，向人求乞是可耻的，而在租界里，洋房汽车，娇妻美妾，拿老百姓汗血，任情享用，却不算耻。

这就是因为各人身份不同，时代不同，所以以无耻为有耻，以有耻为无耻。只有大家认清楚了：出卖大众利益的，高官厚禄，以剥削民脂民膏为生的，方是人世间的奇耻大辱。靠自己的汗血，过清苦廉洁的生活的，却是世间唯一知有羞耻的人。这样时代方能有进步。知耻方可以言勇，明耻方可以教战。所以知耻明耻最要紧。

"今"

文 / 李大钊

我以为世间最可宝贵的就是"今",最易丧失的也是"今",因为他最容易丧失,所以更觉得他可以宝贵。

为什么"今"最可宝贵呢?最好借哲人耶曼孙所说的话答这个疑问:"尔若爱千古,尔当爱现在。昨日不能唤回来,明天还不确实,尔能确有把握的就是今日。今日一天,当明日两天。"

为什么"今"最易丧失呢?因为宇宙大化,刻刻流转,绝不停留。时间这个东西,也不因为吾人贵他爱他稍稍在人间留恋。试问吾人说"今"说"现在",茫茫百千万劫,究竟哪一刹那是吾人的"今",是吾人的"现在"呢?刚刚说他是"今"是"现在",他早已风驰电掣的一般,已成"过去"了。吾人若要糊糊涂涂把他丢掉,岂不可惜?

有的哲学家说,时间但有"过去"与"未来",并无"现在"。有的又说,"过去""未来"皆是"现在"。我以为"过去未来皆是现在"的话倒有些道理。因为"现在"就是所有"过去"流入的世界,换句话说,所有"过去"都埋没于"现在"的里边。故一时代的思潮,不是单纯在这个时代所能凭空成立的,不晓得有几多"过去"时代的思潮,差不多可以说是由所有"过去"时代的思潮,一凑合而成的。

吾人投一石子于时代潮流里面,所激起的波澜声响,都向永远流动传播,不能消灭。屈原的《离骚》,永远使人人感泣。打击林肯头颅的枪声，呼应于永远的时间与空间。一时代的变动，绝不消失，仍遗留于次一时代，这样传演，至于无穷，在世界中有一贯相联的永远性。

昨日的事件，与今日的事件，合构成数个复杂事件。此数个复杂事件，与明日的数个复杂事件，更合构成数个复杂事件。势力结合势力，问题牵起问题。无限的"过去"，都以"现在"为归宿。无限的"未来"，都以"现在"为渊源。"过去""未来"的中间，全仗有"现在"以成其连续，以成其永远，以成其无始无终的大实在。一扯现在的铃，无限的过去、未来皆遥相呼应。这就是过去、未来皆是现在的道理，这就是"今"最可宝贵的道理。

现时有两种不知爱"今"的人：一种是厌"今"的人，一种是乐"今"的人。

厌"今"的人也有两派。一派是对于"现在"一切现象都不满足，因起一种回顾"过去"的感想。他们觉得"今"的总是不好，古的都是好。政治、法律、道德、风俗，全是"今"不如古。此派人唯一的希望在复古。他们的心力全施于复古的运动。一派是对于"现在"一切现象都不满足，与复古的厌"今"派全同。但是他们不想"过去"，但盼"将来"。盼"将来"的结果，往往流于梦想，把许多"现在"可以努力的事业都放弃不做，单是耽溺于虚无缥缈的空玄境界。这两派人都是不能助益进化，并且很足阻滞进化的。

乐"今"的人大概是些无志趣无意识的人，是些对于"现在"一切满足的人。他们觉得所处境遇可以安乐优游，不必再商进取，再为创造。这种人丧失"今"的好处，阻滞进化的潮流，同厌"今"派毫无区别。

原来厌"今"为人类的通性。大凡一境尚未实现以前，觉得此境有无限的佳趣，有无疆的福利；一旦身陷其境，却觉不过尔尔，随即起一种失望的念，厌"今"的心。又如吾人方处一境，觉得无甚可乐；而一且其境变易,却又觉得其境可恋,其情可思。

前者为企望"将来"的动机;后者为反顾"过去"的动机。但是回想"过去",毫无效用,且空耗努力的时间。若以企望"将来"的动机,而尽"现在"的势力,则厌"今"思想,却大足为进化的原动。乐"今"是一种惰性(inertia),须再进一步,了解"今"所以可爱的道理。全在凭他可以为创造"将来"的努力,决不在得他可以安乐无为。

热心复古的人,开口闭口都是说"现在"的境象若何黑暗,若何卑污,罪恶若何深重,祸患若何剧烈。要晓得"现在"的境象倘若真是这样黑暗,这样卑污,罪恶这样深重,祸患这样剧烈,也都是"过去"所遗留的宿孽,断断不是"现在"造的;全归咎于"现在",是断断不能受的。要想改变他,但当努力以回复"过去"。

照这个道理讲起来,大实在的瀑流,永远由无始的实在向无终的实在奔流。吾人的"我",吾人的生命,也永远合所有生活上的潮流,随着大实在的奔流,以为扩大,以为继续,以为进转,以为发展。故实在即动力,生命即流转。

忆独秀先生曾于《一九一六年》文中说过,青年欲达民族更新的希望,"必自杀其一九一五年之青年,而自重其一九一六年之青年。"我尝推广其意,也说过人生唯一的蕲向,青年唯一的责任,在"从现在青春之我,扑杀过去青春之我;促今日青春之我,禅让明日青春之我"。"不仅以今日青春之我,追杀今日白首之我,并宜以今日青春之我,豫杀来日白首之我。"实则历史的现象,时时流转,时时变易,同时还遗留永远不灭的现象和生命于宇宙之间,如何能杀得?所谓杀者,不过使今日的"我"不仍旧沉滞于昨天的"我"。而在今日之"我"中,固明明有昨天的"我"存在。不止有昨天的"我",昨天以前的"我",乃至十年二十年百千万亿年的"我",都俨然存在于"今我"的身上。然则"今"之"我","我"之"今",岂可不珍重自将,为世间造些功德。稍一失脚,必致遗留层层罪恶种子于"未来"无量的人,即未来无量的"我"。永不能消除,永不能忏悔。

我请以最简明的一句话写出这篇的意思来:

吾人在世,不可厌"今"而徒回思"过去",梦想"将来",以耗误"现在"的努力;又不可以"今"境自足,毫不拿出"现在"的努力,谋"将来"的发展。宜善用"今",以努力为"将来"之创造。由"今"所造的功德罪孽,永久不灭。故人生本务,在随实在之进行,为后人造大功德,供永远的"我"享受,扩张,传袭,至无穷极,以达"宇宙即我,我即宇宙"之究竟。

买 书

文 / 朱自清

买书也是我的嗜好，和抽烟一样。但这两件事我其实都不在行，尤其是买书。在北平这地方，像我那样买，像我买的那些书，说出来真寒碜死人；不过本文所要说的既非诀窍，也算不得经验，只是些小小的故事，想来也无妨的。

在家乡中学时候，家里每月给零用一元。大部分都报效了一家广益书局，取回些杂志及新书。那老板姓张，有点儿抽肩膀，老是捧着水烟袋；可是人好，我们不觉得他有市侩气。他肯给我们这班孩子记账。每到节下，我总欠他一元多钱。他催得并不怎么紧；向家里商量商量，先还个一元也就成了。那时候最爱读的一本《佛学易解》（贾丰臻著，中华书局印行）就是从张手里买的。那时候不买旧书，因为家里有。只有一回，不知哪儿捡来《文心雕龙》的名字，急着想看，便去旧书铺访求：有一家拿出一部广州套版的，要一元钱，买不起；后来另买到一部，书品也还好，纸墨差些，却只花了小洋三角。这部书还在，两三年前给换上了磁青纸的皮儿，却显得配不上。

到北平来上学入了哲学系，还是喜欢找佛学书看。那时候佛经流通处在西城卧佛寺街鹫峰寺。在街口下了车，一直走，快到城根儿了，才看见那个寺。那是个阴沉沉的秋天下午，街上只有我一个人。到寺里买了《因明入正理论疏》《百法明门论疏》《翻译名义集》等。这股傻劲儿回味起来颇有意思；正像那回从天坛出来，挨着城根，独自个儿，探险似的穿过许多没人走的碱地去访陶然亭一样。在毕业的那年，到琉璃厂华洋书庄去，看见新版韦伯斯特大字典，定价才14元。可是十四元并不容易找。想来想去，只好硬了心肠将结婚时候父亲给做的一件紫毛（猫皮）水獭领大氅亲手拿着，走到后门一家当铺里去，说当14元钱。柜上人似乎没有什么留难就答应了。这件大氅是布面子，土式样，领子小而毛杂——原是用了两副"马蹄袖"拼凑起来的。父亲给做这件衣服，可很费了点张罗。拿去当的时候，也踌躇了一下，却终于舍不得那本字典。想着将来准赎出来就是了。想不到竟不能赎出来，这是直到现在翻那本字典时常引为遗憾的。

重来北平之后，有一年忽然想搜集一些杜诗。一家小书铺叫文雅堂的给找了不少，都不算贵；那伙计是个麻子，一脸笑，是铺子里少掌柜的。铺子靠他父亲支持，并没有什么好书，去年他父亲死了，他本人不大内行，让伙计吃了，现在长远不来了，他不知怎么样。说起杜诗，有一回，一家书铺送来高丽本《杜律分韵》，两本书，索价三百元。书极不相干而索价如此之高，荒谬之至，况且书面上原购者明明写着"以银二两得之"。第二天另一家送来一样的书，只要二元钱，我立刻买下。北平的书价，离奇有如此者。

旧历正月里厂甸的书摊值得看；有些人天天巡礼去。我住得远，每年只去一个下午——上午摊儿少。土地祠内外人山人海摩肩接踵地来往。也买过些零碎东西；其中有一本是《伦敦竹枝词》，花了三毛钱。买来以后，恰好《论语》要稿子，选抄了些寄去，加上一点说明，居然得着5元稿费。这是仅有的一次，买的书赚了钱。

在伦敦的时候，从寓所出来，走过近旁小街。有一家小书店门口摆着一架旧书。上前去徘徊了一下，看见一本《牛津书话选》（The book Lovers Anthology），烫花布面，装订不马虎，四百多面，本子也不小，准有七八成新,才一先令六便士,那时合中国一元三毛钱,比东安市场旧洋书还贱些。这选本节录许多名家诗文,说到书的各方面的;性质有点像叶德辉氏《书林清话》,但不像《清话》有系统;它们旨趣原是两样的。因为买这本书,结识了那掌柜的;他以后给我找了不少便宜的旧书。有一种书,他找不到旧的;便和我说,他们批购新书按七五扣,他愿意少赚一扣,按九扣卖给我。我没有要他这么办,但是很感谢他的好意。

巴黎的书摊

文 / 戴望舒

在滞留巴黎的时候，在羁旅之情中可以算作我的赏心乐事的有两件：一是看画；二是访书。在索居无聊的下午或傍晚，我总是出去，把我迟迟的时间消磨在各画廊中和河沿上的书摊。关于前者，我想在另一篇短文中说及，这里，我只想来谈——谈访书的情趣。

其实，说是"访书"，还不如说在河沿上走走或在街头巷尾的各旧书铺进出而已。我没有要觅什么奇书孤本的蓄心，再说，现在已不是在两个铜元一本的木匣里翻出一本 Patissier franco-is 的时候了。我之所以这样做，无非为了自己的癖好，就是摩娑观赏一回空手而返，私心也是很满足的，况且薄暮的赛纳河又是这样的窈窕多姿！

我寄寓的地方是 Rue del`Echaud é，走到赛纳河边的书摊，只须沿着赛纳路步行约莫三分钟就到了。但是我不大抄这近路，这样走的时候，赛纳路上的那些画廊总会把我的脚步牵住的，再说，我有一个从头看到尾的癖，我宁可兜远路顺着约可伯路、大学路一直走到巴克路，然后从巴克路走到王桥头。

赛纳河左岸的书摊，便是从那里开始的，从那里到加路赛尔桥，可以算是书摊的第一个地带，虽然位置在巴黎的贵族的第七区，却一点儿也找不出冠盖的气味来。在这一地带的书摊，大约可以分这几类：第一是卖廉价的新书的，大都是各书店出清的底货，价钱的确公道，只是要你会还价，例如旧书铺里要卖到五六百法郎的勒纳尔（J. Renard）的《日记》，在那里你只须花二百法郎光景就可以买到，而且是崭新的。我的加棱所译的赛尔房德里的《模范小说》，整批的《欧罗巴杂志丛书》，便都是从那儿买来的。这一类书在别处也有，只是没有这一带集中吧。其次是卖英文书的，这大概和附近的外交部或奥莱昂东站多少有点关系吧。可是这些英文书的买主却并不多，所以花两三个法郎从那些冷清清的摊子里把一本初版本的《万牲园里的一个人》带回寓所去，这种机会，也是常有的。第三是卖地道的古版书的，17世纪的白羊皮面书，18世纪饰花的皮脊书等，都小心地盛在玻璃的书柜里，上了锁，不能任意地翻看，其他价值较次的古书，则杂乱地在木匣中堆积着。对着这一大堆你挨我挤着的古老的东西，真不知道如何下手。这种书摊前比较热闹一点儿，买书大多数是中年人或老人。这些书摊上的书，如果书摊主是知道值钱的，你便会被他敲了去，如果他不识货，你便沾了便宜来。我曾经从那一带的一位很精明的书摊老板手里，花了五个法郎买到一本1765年初版本的 Du Laurens 的 Imirce，至今犹有得意之色：第一因为 Imirce 是一部禁书，其次这价钱实在太便宜也。第四类是卖淫书的，这种书摊在这一带上只有一两个，而所谓淫书者，实际也仅仅是表面的，骨子里并没有什么了不得，大都是现代人的东西，与来骗骗人的。记得靠近王桥的第一家书摊就是这一类的，老板娘是一个四五十岁的老婆，当我有一回逗留了一下的时候，她就把我当作好主顾而怂恿我买，使我留下极坏的印象，以后就敬而远之了。其实那些地道的"珍秘"的书，如果你不愿出大价钱，还是要费力气角角落落去寻的，我曾在一家犹太人开的破货店里一大堆废书中，翻到过一本原文的 Cleland Fanny Hill，只出了一个法郎买回来，真是意想不到的事。

从加路赛尔桥到新桥，可以算是书摊的第二个地带。在这一带，对面的美术学校和钱币局的影响是显著的。在这里，书摊老板是兼卖板画图片的，有时小小的书摊上挂得满目琳琅，原张的蚀雕，从书本上拆下的插图，戏院的招贴，花卉鸟兽人物的彩图，地图、风景片，大大小小各色俱全，反而把书列居次位了。在这些书摊上，我们是难得碰到什么值得一翻的书的，书都破旧不堪，满是灰尘，而且有一大部分是无用的教科书，展览会和画商拍卖的目录。此外，在这一带我们还可以发现两个专卖旧钱币纹章等而不卖书的摊子，夹在书摊中间，作一个很特别的点缀。这些卖画卖钱币的摊子，我总是望望然而去之的，（记得有一天一位法国朋友拉着我在这些钱币摊子前逗留了长久，他看得津津有味，我却委实十分难受，以后到河沿上走，总不愿和别人一道了。）然而在这一带却也有一两个很好的书摊子。一个摊子是一个老年人摆的，并不是他的书特别比别人丰富，却是他为人特别和气，和他交易，成功的回数居多。我有一本高克多（Coclc-au）亲笔签字赠给诗人费尔囊·提华尔（FernandDivoire）的 Le Grund Ecurt，便是从他那儿以极廉的价钱买来的，而我在加里马尔书店买的高克多亲笔签名赠给诗人法尔格（Fargue）的初版本 Opera，却使我花了70法郎。但是我相信这是他借给我的，因为书是用蜡纸包封着，他没有拆开来看一看；看见了那献辞的时候，他也许不会这样便宜卖给我。另一个摊子是一个青年人摆的，书的选择颇精，大都是现代作品的初版和善本，所以常常得到我的光顾。我只知道这青年人的名字叫昂德莱，因为他的同行们这样称呼他，人很圆滑，自言和各书店很熟，可以弄得到价廉物美的后门货，如果顾客指定要什么书，他都可以设法。可是我请他弄一部《纪德全集》，他始终没有给我办到。

可以划在第三地带的是从新桥经过圣米式尔场到小桥这一段。这一段是赛纳河左岸书摊中的最繁荣的一段。在这一带，书摊比较都整齐一点儿，而且方便也多一点儿，太太们家里没事想到这里来找几本小说消闲，也有；学生们贪便宜想到这里来买教科书参考书，也有；文艺爱好者到这里来寻几本新出版的书，也有；学者们要研究书，藏书家要善本书，猎奇者要珍秘书，都可在这一带获得满意而回。在这一带，书价是要比他处高一些，然而总比到旧书铺里去买便宜。健吾兄觅了长久才在圣米式尔大场的一家旧书店中觅到了一部《龚果尔日记》，花了600法郎喜欣欣地捧了回去，以为便宜万分，可是在不久之后我就在这一带的一个书摊上发现了同样的一部，而装订却考究得多，索价就只要250法郎，使他悔之不及。可是这种事是可遇而不可求的，跑跑旧书摊的人第一不要抱什么一定的目的；第二要有闲暇有耐心，翻得有劲儿便多翻翻，翻倦了便看看街头熙来攘往的行人，看看旁边赛纳河静静的逝水，否则跑得腿酸汗流、眼花神倦，还是一场没结果回去。话又说远了，还是来说这一带的书摊吧。我说这一带的书较别带为贵，也不是胡说的，例如整套的 Echan-ges 杂志，在第一地带中买只须15个法郎，这里却一定要20个，少一个不卖；当时新出版原价是24法郎的 Celine 的 Voyageau boutde la nuit，在那里买也非18法郎不可，竟只等于原价的七五折。这些情形有时会令人生气，可是为了要读，也不得不买回去。价格最高的是靠近圣米式尔场的那两个专卖教科书参考书的摊子。学生们为了要用，也不得不硬了头皮去买，总比买新书便宜点。我从来没有做过这些摊子的主顾，反之他们倒做过我的主顾。因为我用不着的参考书，在穷极无聊的时候总是拿去卖给他们的。这里，我要说一句公平话：他们所给的价钱的确比季倍尔书店高一点儿。这一带专卖近代善本书的摊子只有一个，在过了圣米式尔场不远快到小桥的地方。摊主是一个不大开口的中年人，价钱也不算顶贵，只是他一开口你就莫想还价：就是答应你还也是相差有限的，所以看着他陈列着的《泊鲁思特全集》，插图的《天方夜谭》全译本，Chirico 插图的阿保里奈尔的 Calligrammes，也只好眼红而已。在这一带，诗集似乎比别处多一些，名家的诗集花四五个法郎就可以买一册回去，至于较新一点儿的诗人的集子，你只要到一法郎或甚至50生丁的木匣里去找就是了。我的那本仅印百册的Jean Gris插图的Reverdy的《沉睡的古琴集》，超现实主义诗人Gui Rosey的《三十年战争集》等，便都是从这些廉价的木匣子里翻出来的。还有，我忘记说了，这一带还有一两个专卖乐谱的书铺，只是对于此道我是门外汉，从来没有去领教过吧。

从小桥到须里桥那一段，可以算是河沿书摊的第四地带，也就是最后的地带。从这里起，书摊便渐渐地趋于冷落了。在近小桥的一带，你还可以找到一点儿你所需要的东西，例如有一个摊子就有大批N.R.F.和Crassct出版的书，可是那位老板娘讨价却实在太狠，定价15法郎的书总要讨你十二三个法郎，而且又往往要自以为在行，凡是她心目中的现代大作家，如摩里向克、摩洛阿、爱眉（Ayme）等，就要敲你一笔竹杠，一点儿也不肯让价；反之，像拉尔波、茹昂陀、拉第该、阿朗等优秀作家的作品，她倒肯廉价卖给你。从小桥一带再走过去，便每况愈下了。起先是虽然没有什么好书，但总还能维持河沿书摊的尊严的摊子，以后呢，卖破旧不堪的通俗小说杂志的也有了，卖陈旧的教科书和一无用处的废纸的也有了，快到须里桥那一带，竟连卖破铜烂铁、旧摆设、假古董的也有了；而那些摊子的主人呢，他们的样子和那在下面赛纳河岸上喝劣酒、钓鱼或睡午觉的街头巡阅使（Clochard），简直就没有什么大两样。到了这个时候，巴黎左岸书摊的气运已经尽了，你的腿也走乏了，你的眼睛也看倦了，如果你袋中尚有余钱，你便可以到圣日尔曼大街口的小咖啡店里去坐一会儿，喝一杯儿热热的浓浓的咖啡，然后把你沿路的收获打开来，预先摩娑一遍，否则如果你已倾了囊，那么你就走上须理桥去，倚着桥栏，俯看那满载着古愁并饱和着圣母祠的钟声的，赛纳河的悠悠的流水，然后在华灯初上之中，闲步缓缓归去，倒也是一个经济而又有诗情的办法。

说到这里，我所说的都是赛纳河左岸的书摊，至于右岸的呢，虽则有从新桥到沙德莱场，从沙德莱场到市政厅附近这两段，可是因为传统的关系，因为所处的地位的关系，也因为货色的关系，它们都没有左岸的重要。只在走完了左岸的书摊尚有余兴的时候或从卢佛尔（Louvre）出来的时候，我才顺便去走走，虽然间有所获，如查拉的 L`homme approximatif 或卢梭（Henri Rousseau）的画集，但这是极其偶然的事；通常，我不是空手而归，便是被那街上的鱼虫花鸟店所吸引了过去。所以，原意去"访书"而结果买了一头红头雀回来，也是有过的事。

《春秋》的故事

摘编/陈正

在我国西周开始的时候，国家专门设立了太史记载国家大事。太史逐年逐月逐日记载，之后把记载的国家大事编辑成简册，遂成史书。因为每年有春、夏、秋、冬四季，太史便标举"春秋"两字，以代表每一年。

公元前770年，周平王东迁，由于强大起来的诸候争霸，导致西周王朝分裂为数十个大大小小的诸侯国。西周王朝的微弱，又导致来中央朝拜周王的诸侯越来越少。为了记载发生在各诸侯国内的大事，周王便派出很多史官到各个诸侯国去。周王派出的这些史官虽在各个诸侯国，但其身份仍属王室，不属诸侯。

公元前607年，晋国的国君晋灵公被杀。晋灵公不行国君正道，加重人民赋税用来彩饰自己的墙壁，另外，他还经常站在高台上用弹弓射人，以观看人们躲避他弹射的弹丸来取乐，激起了民众和大臣们对他的极度不满。

有一次，给他做饭的厨子炖熊掌没有炖熟，灵公就把厨子杀死，然后把厨子的尸体装在草筐里，命令妇女推着装有厨子尸体的车经过宫廷。

正在宫廷议事的大夫赵盾和士季看到从车里露出来的人手，问清厨子被杀的原因后，为这件事深感忧虑。赵盾准备进谏，士季说："您进

谏，如果国君不接受，那就没有谁能接着进谏了。请让我先去吧，没有采纳，您再继续劝说。"于是，士季往前走了三次，伏地行礼三次，灵公假装没看见。过了很久，晋灵公才看了看他，说道："我知道所犯的错误了，准备改正它。"

士季叩头答道："哪个人没有过错呢？有了过错能改正，没有什么善事能比这个更大的了。《诗经》上说：'没有谁没有个好的开头，但却很少有人能坚持到最后。'所以，能够纠正错误的人是很少的。您若能有始有终，那么国家就巩固了，哪里仅仅是臣子们有所依靠呢。《诗经》又说：'天子有没尽职的地方，只有仲山甫来弥补。'意思是说过失是能够弥补的，您能弥补自己的过失，君位就丢不了啦。"

然而，晋灵公口上说改正错误，但实际上却一点儿也没改。为此，赵盾又多次进谏。因为赵盾进谏的次数多，晋灵公渐渐地越来越厌恶赵盾，并派勇士鉏麑去暗杀赵盾。

鉏麑为了趁赵盾还没起床时暗杀赵盾，大清早天还没亮就赶到赵盾家。谁知鉏麑到时，见赵盾卧室的门已经打开，赵盾也早已穿戴整齐准备上朝了。由于上朝的时间还早，赵盾就端坐在那里打瞌睡。

鉏麑退出来感叹地说："赵盾时刻不忘记恭敬，真是百姓的主啊。杀害百姓的主，就是不忠；不履行国君的使命，就是不守信用。我既不想做不忠之人，也不想做不守信用之人，现在只能选择死了。"于是，鉏麑撞死在槐树上。

见赵盾没被暗杀，晋灵公心里十分不甘，又过了一些时候，灵公说要赐赵盾酒喝，邀请赵盾到皇宫去。在赵盾到来之前，灵公预先在皇宫内埋伏好身穿铠甲的武士，准备在赵盾喝酒时攻杀赵盾。

赵盾进皇宫后，他的随从提弥明马上发现有埋伏，就快步走上堂对赵盾说："臣子侍奉国君饮酒，超过了三杯，不合乎礼仪。"说完赶紧扶赵盾下堂。

晋灵公见赵盾要走,马上唤出猛犬向赵盾扑去。提弥明徒手搏击猛犬,把猛犬打死了。赵盾说:"不用人而使唤狗,即使凶猛,又顶得了什么?"一面搏斗,一面退出宫门。这时,提弥明为掩护赵盾被武士们杀死。就在赵盾被武士们围攻的紧急当口,武士中有个人忽然把戟掉过头来抵御灵公手下的人,使赵盾得免于难。赵盾问这位武士为什么救他,对方回答说:"我就是您在翳桑救的饿汉呀。"

原来,有次赵盾在首阳山打猎时,在翳桑住了一晚。那天,赵盾看到一位叫灵辄的人饿倒在地,就问他得了什么病。灵辄回答说:"我没有生病,我是饿成这样的啊,我已经多日没有吃东西了。"

赵盾马上让人给灵辄拿来很多食物。谁知灵辄狼吞虎咽地吃了几口后却不吃了。问其原因,灵辄答道:"我在外当奴仆已经多年没回家了,不知道我母亲现在还在不在。我现在离家这么近,请您允许我把这些东西拿回家给我母亲吃。"

赵盾听后为灵辄的孝心感叹不已,对灵辄说:"你吃吧,你把这些东西全部吃完。我另外给你母亲准备食物。"之后,赵盾让人给灵辄预备一筐饭和肉,放在袋子里送给他。不久灵辄做了晋灵公的甲士。

在这次打斗中,身为甲士的灵辄见晋灵公要攻杀的人竟然是自己的恩人,便掉转戟头来抵御灵公手下的人,把赵盾救出重围。

赵盾见晋灵公三番五次想杀自己,便想逃亡国外。在赵盾还没有逃出晋国国境的时候,晋灵公的堂弟赵穿在桃园把晋灵公杀死了。于是,赵盾就又跑回来继续主持国政,并派人到成周把公子黑臀接回来,接替晋灵公做晋国君主。

周王派到晋国的太史董狐在记载这件事时,在竹简上刻了这样一行字:"秋九月乙丑,晋赵盾弑其君夷皋。"

赵盾看到后十分委屈地说:"灵公不是我杀的,我冤枉啊。"

董狐说:"你作为正卿,逃亡没有走出国境,回来又不惩办凶手,不

是你杀的是谁杀的?"

赵盾只好叹了口气说:"唉!那就算是我杀的吧。《诗经》说:'由于我怀念祖国,反而自己找来了忧患。'大概就是说我吧!"

求真记实对史官而言既是目的也是原则,当时的史官恪尽职守,完全是按照事实记史,即便得罪国君被杀也在所不辞。

当时,齐国大夫棠公的妻子棠姜长得非常漂亮,棠公死后,齐国丞相崔杼便把她娶了过来。

齐国国君齐庄公得知崔杼得了一位美妻,便多次到崔杼家和棠姜私通。有一次,齐庄公与棠姜私通回来之时还顺手拿了一顶崔杼的帽子送给别人。

齐庄公的侍者劝阻齐庄公别拿。齐庄公却笑道:"拿了崔杼一顶帽子而已,难道他没有别的帽子吗?"

这件事后,齐庄公和崔杼的关系彻底破裂。

有一次,齐庄公举行国宴款待来访的莒国国君,作为国相的崔杼称病不参加。

不几日,齐庄公借探病为由,到崔杼府上准备与棠姜偷情。在庭院中,齐庄公追嬉棠姜。事先有谋的棠姜进入内室后将屋门关上就不再出来,于是齐庄公在前堂抱着柱子唱歌,希望用歌声把棠姜引出来。

跟齐庄公一起来的宦官贾举因痛恨齐庄公曾鞭笞过他,早就和崔杼预谋今天要杀掉齐庄公。所以,当齐庄公进入院子后,贾举便把齐庄公的侍从拦在外面,自己一个人跟着齐庄公进入院子,并将院门从里边闩上。

正当齐庄公在棠姜内室前堂唱歌时,早埋伏好的刀斧手便一拥而上。齐庄公吓得赶紧跑到一座高台上,刀斧手们呼啦就包围了这座高台。齐庄公求他们饶命,并要求找崔杼来对话,均被拒绝。齐庄公见说服不了他们,于是继续逃跑。在他翻越一道墙的时候,追兵射中了他的大腿，齐庄公从墙头掉下来，士兵们一拥而上将他杀了，他手下的10位随从也尽数被诛。

上大夫晏婴听说此事后，第一时间来到崔杼家，枕着齐庄公的遗体大哭起来，哭完之后对着遗体拜三拜而出。

崔杼手下劝崔杼杀死晏婴，崔杼摇头说："晏婴是百姓所景仰的人，杀了这样的人会失去民心。"

齐庄公死后，崔杼拥立庄公的弟弟杵臼为君，史称齐景公。崔杼仍旧是国相。

周王派到齐国的太史记载这件事时在竹简上写道："崔杼杀了他的国君。"

崔杼看到后十分生气，便杀了这位太史。太史死后，太史的弟弟接班当太史，也在竹简上这样写，崔杼便把太史的弟弟也杀死了。太史另外一个弟弟在两个哥哥均被杀后接着当太史，也是这样写的。崔杼一看，无奈之下只好听之任之。

齐国南部有位"南史氏"的史官，听了齐国史官因记载"崔杼弑其君"，兄弟两人接连被杀害后，便赶到齐国，预备续书此事。南史氏到后，听说这件事已经如实记载在竹简上了，而且崔杼也不再为这事杀害史官，这才回到南部去。

《春秋》是儒家的经书，记载了从鲁隐公元年（前722）到鲁哀公十四年（前481）鲁国十二代君主的历史，基本上是鲁国史书的原文。也是我国现存最早的一部编年体史书。

《春秋》虽然依据鲁国国君的世系纪年，但记述范围却遍及各诸侯国，是有准确时间、地点、人物的原始记录，具有信史价值。旧说《春秋》为孔子所著。但近代学者研究证实，应为鲁国历代史官集体编纂而成。全书大约17000字，主要内容记载春秋时期统治阶级的政治活动，包括诸侯国之间的征伐、会盟、朝聘等；也记载一些自然现象，如日蚀、月蚀、地震、山崩、星变、水灾、虫灾等；经济文化方面，记载一些祭祀、婚丧、城筑、宫室、搜狩、土田等。

在我国远古时期，春季和秋季是诸侯朝聘王室的时节。另外，春秋在古代也代表一年四季。而史书记载的都是一年四季中发生的大事，因此"春秋"是史书的统称。而鲁国史书的正式名称就是《春秋》。《春秋》原本秦代以后已经失传，现在的版本是由《左氏传》《公羊传》《穀梁传》三传拼凑的。

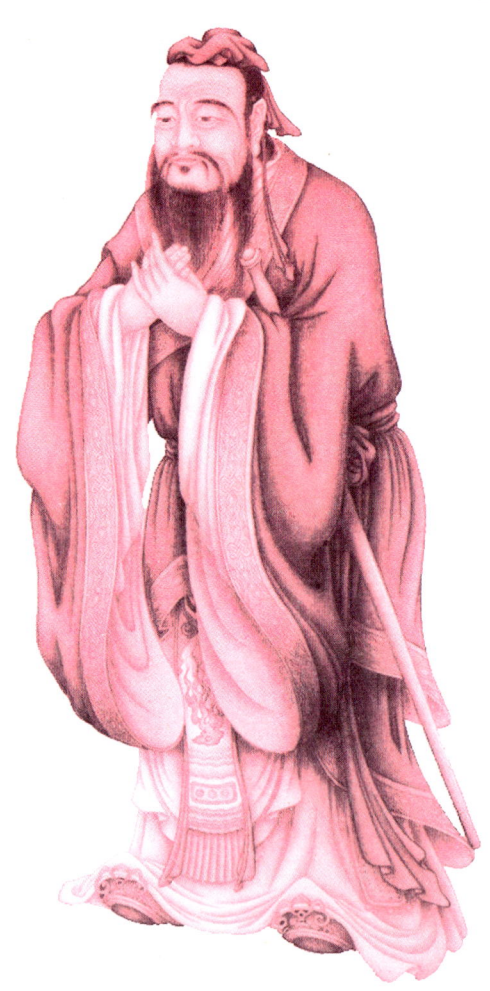

《春秋》虽然不是历史学著作，却是可贵的史料著作，对于研究先秦历史，尤其对于研究儒家学说以及孔子思想的意义重大。伟大思想家孟子说："孔子成《春秋》而乱臣贼子惧。"

另外，《春秋》作为鲁国的史书，其作用早已超出史书范围，《春秋》用词遣句"字字针砭"，成为独特的文风，称为春秋笔法，被历代文史家奉为经典。

刘勰与《文心雕龙》

摘编 / 方正之

南朝梁武帝在位时期，公元 467 年，京口有一个刘姓的人家里诞生了一个男孩，父亲给他起名叫刘勰。刘勰少年时就喜欢学习，而且志向高远。刘勰 7 岁的时候，有一天他梦见一朵像锦缎一样美丽的五彩祥云在房顶上飘浮，他便爬上房顶把这片美丽的祥云采了下来。

刘勰 8 岁的时候，他父亲在建康平叛战役中牺牲了。此后，刘勰与母亲相依为命，并在母亲的陪伴下，刻苦攻读，立志将来成为国家的栋梁之材。

刘勰 20 岁时，母亲也去世了。刘勰为母亲守孝三年后，便离开家乡来到京师建（现在的南京）谋求生活出路。在陌生的建康城里，刘勰每天奔走于父亲在世时的亲朋好友中，希望得到他们的推荐，能得到一个为国效力的机会。然而，人走茶凉，谁会举荐一个无依无靠的孤儿呢？

最后，举目无亲的刘勰，只好投靠当时著名的博学高僧僧佑，在僧佑那里学习佛经和儒家经典。

寺庙的生活是清净的，这对好学深思的刘勰来说，正是博览群书的大好时光。在当时，钟山定林寺是全国两大藏经处之一，定林寺所收藏的经典书籍之多是天下闻名的。刘勰来后，僧佑和尚便把整理佛经的任务交给刘勰担当，让他担任定林寺佛教古籍整理的执行主编。

此后的十几年，刘勰在帮助寺院大规模地整理佛经过程中，也在不断丰富自己的学识，并最终成了博通经论的学者。

刘勰30岁的时候,有一天他做了一个梦,梦见自己手捧着红色的祭祀礼器,像儒家创始人孔子的弟子那样,跟着孔子往南走。刘勰觉得这个梦是圣人孔子给他的暗示,希望他发扬光大儒家思想。刘勰自幼深受儒家思想的影响,有着"君子处世,树德建言"的鸿鹄之志,认为作为儒家士子,要么从政当官,恩泽百姓,要么著书立说,以垂教后世。

所以,做完这个梦后,刘勰便决定用自己丰富的学识来弘扬孔子的思想,以报答孔子对自己的期望。在刘勰生活的那个时代,弘扬儒学最好的办法就是注释儒家的经典。但是,刘勰觉得自己在这方面根本超不过汉代的大儒马融和郑玄,便打消了注释儒家经典的念头。

当时,文学界的文章体制正逐渐败坏,有些作家为了追求辞藻华丽而忽视文章的内容。为了纠正这种不正文风,刘勰决定以写论文的方式,来论述写作时应该注意的诸多问题。于是,32岁的刘勰,便开始构建并着手论述自己宏大而缜密的文章论述体系——《文心雕龙》。

其实,在刘勰写《文心雕龙》之前,有关文学论文的文章已经很多了,像曹丕的《典论》、陆机的《文赋》、挚虞的《文章流别论》以及李充的《翰林论》等。不过,这些文章虽然写得都很好,但由于论述都太过简略,很难让人知道其中的全部奥秘。针对这一点,刘勰在著述过程中,应用自己的广学博识和各种文籍,充分利用一切业余时间,发愤著述。经过五六年时间的辛勤写作,在梁朝天监元年,即在公元501年的春夏期间,刘勰终于完成了这部37000多字的文学评论巨著。

《文心雕龙》写成之后,虽然在文人之间传阅,但是,并没有受到这些文人的重视。刘勰并没有因此而气馁,因为他深知这本书的学术价值。最后,刘勰想办法让当时的文坛领袖沈约看到了这本书。

沈约看完《文心雕龙》后,大加赞赏,认为此书深得文理,便把这本书放在书桌上经常翻阅。经过沈约的称赞,《文心雕龙》一书终于在文人中传播开来了。从此,刘勰也随着这部伟大著作的传播而名扬四海。

梁武帝天监元年，也就是公元502年，刘勰告别了留居十多年的定林寺，开始了他的仕途生涯。起初，刘勰被朝廷授予奉朝请等职务，后来又在昭明太子萧统的东宫担任了东宫通事舍人，与昭明太子结为忘年交，还参与了昭明太子主持编辑的《昭明文选》的编选工作。

在大通三年，也就是公元531年农历4月，昭明太子死后，刘勰奉命与慧震在定林寺整理佛经。整理完佛经后，刘勰弃官为僧，法名慧地，一年后去世。

《文心雕龙》书名中"文心"，是指写文章的用心，"雕龙"是指要把文章写得如雕绘龙纹一样精美。"文心雕龙"意思是写文章必须用心，就像雕刻龙纹那样精雕细刻，最终才能创作出美好的文学作品。

《文心雕龙》全书分10卷，共50篇，有完整科学的体系和严密的组织结构，总体来说可以分为上下两编。上编的总论和文体论，论述的是文学的基本原则，论证什么是文学、文学的本质，以及各种文体的渊源和流变。下编主要论述的是创作论和批评论。

刘勰把《文心雕龙》的内容分为总论、文体论、创作论、批评论四个主要部分。总论是全书的纲领和理论基础，其中包括《原道》《征圣》《宗经》《正纬》《辩骚》五篇文章，阐述了刘勰的文学基本观点——以道为根本，以圣人为老师，以儒家经典为主体，以纬书为参考、以《离骚》为变化。

文体论部分被刘勰称之为"论文叙笔"，是对各种文体源流及作家、作品逐一进行研究和评价，包括《明诗》《乐府》《诠赋》《颂赞》《祝盟》《铭箴》《诔碑》《哀吊》《杂文》《谐隐》《史传》《诸子》《论说》《招策》《檄移》《封弹》《章表》《奏启》《议对》《书记》20篇。

在文体论部分，刘勰从"原始本末""释名章义""选文定篇"和"敷理举统"四个方面，论述了35种文体的源流和特征，将文章分为有韵的"文"和无韵的"笔"两大类，解释其文体名称和意义，并列举了以往作

家的创作,评论其作品,概括出每一种文体的特征和写作要领。

创作论部分,刘勰以"剖情析采"为中心,重点研究有关创作过程中各个方面的问题。其中包括《神思》《体性》《风骨》《通变》《定势》《情采》《镕裁》《声律》《章句》《丽辞》《比兴》《夸饰》《炼字》《隐秀》《指瑕》《养气》《附会》《总述》《事类》《时序》《物色》20篇。

创作论部分是《文心雕龙》对文学创作指导意义最大的一部分。在这部分中,刘勰分别从不同角度,对文学构思、艺术风格、内容与形式的关系、文学创作与现实生活的关系、文学的继承与革新、文学创作中的具体艺术技巧,如声律、比兴、夸张等艺术手法应用等问题进行了专题论述。

在最后一篇《序志》中,刘勰说明了自己的创作目的和全书的部署意图。在这里,刘勰概括了全书内容和写作时所遵循的一些基本原则和方法,这就类似于"跋"。

刘勰写《文心雕龙》的本意虽是写作指导,但是,他的立论却从文章写作的一系列基本原则出发,内容几乎论及了文学创作和文学评论的所有问题。而且《文心雕龙》全篇结构严谨,论述周详,理论观点首尾一贯,各部分之间又互相照应,具有严密、系统、完整的体系,在古代文学批评中,是空前绝后的著作。

在六朝以前,我国的文学理论著作,只有散篇,没有一部系统完整的专著,直到刘勰的《文心雕龙》问世,才出现了第一部有着完整周密体系的理论著作。所以说,刘勰的《文心雕龙》是我国古代伟大的文学理论批评著作,是从商周到齐梁时期文学创作经验的大总结,也是齐梁以前文学理论批评的集大成者。

我国历代对《文心雕龙》的研究、注释、翻译著述颇多。后来,《文心雕龙》的研究逐渐发展成为了一门显赫的学问,即"龙学",对后世文学创作产生了巨大影响。

改写《舟过安仁》

文 / 曾元奚

那天,我坐船路过位于湖南长沙东南部的安仁县。

正当我坐在船上尽情欣赏两岸如诗如画的美景时,忽然看见旁边也漂着一条小渔船。这是一条中间有坐的地方、两头可以放东西又偏小的小渔船。船上有两个小孩,男孩长得眉清目秀,女孩长得俏丽可爱。男孩轻轻摇动船桨慢慢地划船,女孩则站在船头不时用竹篙这点一下,那点一下。

过了一会儿,男孩突然把船桨放了下来,撑开了一把大伞,女孩也回到了船中间。看着看着,我就奇怪了:"这两个小孩子怎么回事?明明没有下雨呀!为什么要打伞呢?"带着疑问,我们把船靠近了他俩的小渔船,我问道:"小朋友!你们好!为什么没有下雨,你们也要撑伞呢?"听了我的话,女孩笑了笑说:"叔叔,我们并不是为了遮雨撑伞,而是把伞当成帆,借助风的力量,省点力气而已!"男孩也接着说:"对了,叔叔,其实你也可以这样做的!我们要回家了!因为我们饿了!再见!"说完,做了个鬼脸就走了。

我急忙说:"哦,知道了。那么再见!"我听取了他们的意见,马上照着他们说的去做,发现真的不错!真的很省力气,确实很方便!

今天真是太有趣了!这两个孩子真是太聪明了!真是"一叶渔船两小童,收篙停棹坐船中。怪生无雨都张伞,不是遮头是使风"。

走进文学

文 / 翟阳

在我们的生活中，我们走进的领域非常广阔，每个人都有属于自己的一片天地。我受缪斯之神的引领，慢慢走进文学的世界。

人的成长离不开知识，而获取知识宝库的最佳途径，当然是书籍了。我喜爱文学，也是受读过的那些文学书籍的感染和影响。

很小的时候，妈妈就给我讲故事，教我背儿歌，给了我文学的启蒙。上学后认识了字，图书就渐渐成了我的好朋友，我时常被书中动人的故事所吸引，沉醉在曲折的情节里浮想联翩。我喜欢看神话故事和童话故事，书中那些生动形象的人物，把我带进一个个美丽的世界。我从书中学会很多知识，领悟到很多道理。比如《白雪公主》这篇童话中，巫婆皇后想把比自己美丽的白雪公主杀死，做世界上最美的女人，她一次次下毒手，最终也没有杀死白雪公主……这则故事让我知道了，即使一个人外表再美丽，只要内心丑陋，那么这个人怎么也不会成为最美丽的人。

我还喜欢看家里订阅的报纸杂志，《启蒙》《少年大世界》《中国少年报》每新出一期，我都如获至宝，会在最短时间内看完。后来，我开始试着把自己童年经历的印象深刻的真实故事写下来，竟然一篇篇在报纸杂志上发表了。

现在，我已经成为一名初中生了，依然在文学的海洋里遨游。现在我读的书越来越多，读书的种类也更加丰富，如散文、小说、诗歌、文学名著……这些书开拓了我的视野，也使我学到了不少写作技巧。我读泰戈尔、汪国真等人的诗歌时，突然诗情大发，觉得自己也能写诗歌，便在学校午自习的时间，写了三首诗歌。国庆节时，我抒发自己的情怀，写了《献给亲爱的祖国》，学校体育节时，我写了散文《观体育节有感》……

"读书破万卷，下笔如有神。"随着自己的拙作不时发表，我也享受到文学给我带来的无穷快乐。我爱读书，我爱文学，我知道自己前面的路还很长，需要付出艰苦的努力。但既然走进了文学的天空，我就会一直拼搏，朝着更高的蓝天飞翔。

莎士比亚的童年故事

摘编 / 陈露

文艺复兴时期英国杰出的戏剧家和诗人、世界文学巨匠莎士比亚,生于英国中部瓦维克郡埃文河畔斯特拉特福一个富裕的市民家庭。其父约翰·莎士比亚是经营羊毛、皮革制造及谷物生意的杂货商,1565年任镇民政官,3年后被选为镇长。父亲希望莎士比亚将来做一个牧师、一个商人,或者是一个有学问的绅士。因此,莎士比亚六七岁的时候,被送进一所有点名气的文法学校,学习英国语文、拉丁文法和修辞,也接触一些古代罗马的诗歌和戏剧。

在莎士比亚幼年时期,伦敦城里最有名的女王剧团曾经到斯特拉特福镇演出过,剧团的演出在莎士比亚记忆的屏幕上留下了明晰的印象。此后多年中,每年都有几个剧团来这里演出。这些演出在莎士比亚幼小的心灵上播下了爱好戏剧的种子,并让他暗暗下定决心:要终身从事戏剧事业。

莎士比亚13岁的时候,父亲破产了,一家人的生活失去了依托。莎士比亚只得中途退学,帮助父母维持生意,做些家务。困苦的生活并没有使莎士比亚心灰意懒,他仍然对未来的生活充满了憧憬。

他知道,要想当戏剧家,必须要有很丰富的知识。因此,他像一头小牛闯进菜园一样,贪婪地读着哲学、文学、历史等方面的书籍,并自修希腊文和拉丁文,从多方面吸取营养。几年工夫,他已经是一个相当博学的人了。

一天,莎士比亚突发奇想——能在戏院里谋个职业就好了。于是,他做了戏院门口的马夫,专门等候在戏院门口伺候看戏的绅士。日子一长,他便和戏院看门人混熟了。看门人特许他从戏院门缝里和小洞里窥看戏台上的演出。

每次窥看演出时,梦想当戏剧家的莎士比亚都会边看边细心琢磨剧情和角色。就这样,凭借自己的勤奋努力,莎士比亚很快掌握了许多戏剧知识。后来,一位著名演员因非常欣赏莎士比亚的才能,便邀请他到剧团里演配角。这让莎士比亚喜出望外,他知道在演出实践中能提高和丰富自己的艺术才能。为了演好戏,他经常深入下层社会,观察那些流浪汉、江湖艺人和乞丐,并同自己周围的各种人谈心,学习他们的言语谈吐,熟悉他们的生活习惯,体会他们的思想感情。很快,莎士比亚就成为剧团里十分活跃的演员。

当时,英国的戏剧界活跃着一批被称为"大学才子"的职业剧作家。他们受过高等教育,在戏剧方面有些成就。他们垄断剧坛,不许他人插入。莎士比亚在他们面前并不自卑和怯懦。他用一年多的时间写出了剧本《亨利六世》三部,引起戏剧界的普遍关注。1595年,莎士比亚的里程碑式的剧本《罗密欧与朱丽叶》问世了,这确立了莎士比亚在世界文学史上的地位。

写作的成功,使莎士比亚赢得了骚桑普顿勋爵的眷顾,勋爵成了他的保护人。莎士比亚曾把他写的两首长诗《维纳斯与阿都尼》《鲁克丽丝受辱记》献给勋爵,也曾为勋爵写过一些十四行诗。借助勋爵的关系,莎士比亚走进了贵族的文化沙龙,使他对上流社会有了观察和了解的机会,也扩大了他的生活视野,为他日后的创作提供了更丰富的源泉。

威廉·莎士比亚作为欧洲文艺复兴时期最重要的作家、杰出的戏剧家和诗人,他在欧洲文学史上占有特殊的地位,被喻为"人类文学奥林匹克山上的宙斯"。他跟古希腊三大悲剧家埃斯库勒斯(Aeschylus)、索福克里斯(Sophocles)及欧里庇得斯(Euripides)合称戏剧史上四大悲剧家。

莫泊桑拜师的故事

摘编/贝贝

莫泊桑是19世纪法国著名作家。他从小酷爱写作,孜孜不倦地写下了许多作品,但这些作品都是平平常常的,没有什么特色。为此,莫泊桑焦急万分,决定去拜法国文学大师福楼拜为师。

一天,莫泊桑带着自己写的文章,去请福楼拜指导。他坦白地对福楼拜说:"老师,我已经读了很多书,为什么写出来的文章总感到不生动呢?"

福楼拜直截了当地说:"这个问题很简单,是因为你的功夫还不到家。"

莫泊桑急切地问:"那——怎样才能使功夫到家呢?"

"这就要肯吃苦,勤练习。你家门前不是天天都有马车经过吗?你就站在门口,把每天看到的情况,都详详细细地记录下来,而且要长期记下去。"

回家后,莫泊桑真的每天都站在家门口,观看大街上来来往往的马车,连续看了好几天后,却一无所获。万般无奈,莫泊桑只得再次来到福楼拜家。一进门就对福楼拜说:"老师,我按照您的教导,看了好几天马车,但我并没看出什么特殊的东西。马车那么单调,没有什么好写的呀。"

福楼拜说:"不,不不!你怎么能说没什么东西好写呢?富丽堂皇的马车跟装饰简陋的马车是一样的走法吗？烈日炎炎下的马车和狂风暴雨中的马车是一样的走法吗？马车上坡时，马是如何用力的？下坡时，赶车人又如何吆喝？马的神态是什么？赶车人的表情又是什么样的？这些你能描述得清楚吗？你怎么会认为马车没有什么好写的呢？"

福楼拜的这番话在莫泊桑的脑海中打下了深深的烙印。

从此以后，莫泊桑天天坐在大门口，全神贯注地观察过往的马车，从中获得了丰富的材料，并以此为素材写了一些作品。然后，他拿着这些作品再去请教福楼拜。

福楼拜认真地把莫泊桑新写的作品看了几篇，然后脸上露出了微笑，说："这些作品表明你有了进步。做事贵在坚持，才气就是坚持写作的结果。对你所要写的东西，光仔细观察还不够，还要能发现别人没有发现和没有写过的特点。比如你要描写一堆篝火或一株绿树，就要努力去发现它们和其他的篝火、其他的树木不同的地方。你发现了这些特点，就要善于把它们写下来。今后，当你走进一个工厂的时候，就描写这个厂的守门人，用画家的那种手法把守门人的身材、姿态、面貌、衣着及全部精神、本质都表现出来，让人看了以后，不至于把他同农民、马车夫或其他任何守门人混同起来。"

莫泊桑专心地听着，老师的这些话给了他很大的启发。回家后，莫泊桑观察得更加勤奋努力，边观察还边用心揣摩，以此积累了丰富的素材，最终写出了不少有世界影响的名著。

爱，其实并不遥远

——读《文明少年·美丽地球》有感

文 / 刘佳奕

美丽是什么？是长相，还是财富？看了《文明少年·美丽地球》这本书后，你就会找到答案。

书中，有许多"美丽"的人，如：最美工人——郭明义，最美教师——张丽莉，最美妈妈——吴菊萍，最美医生——周月华，最美志愿者——马广超，等等。但让我最敬佩的还是一位孝心少年。

5岁时，因为父亲遭遇车祸，她被送到了养母身边；8岁时，因为养母病瘫，养父受不了艰难的生活离家出走，她开始独自撑起这个家；17岁时，她终于靠自己的努力，考上了大学。但因为养母不能独立生活，这个还未成年的女孩毅然地做出了一个惊人的决定——背着养母上大学。她，她就是一位平平常常的山西女孩，全国第三届道德模范——孟佩杰！

每天，她没有时间像同龄的孩子一样坐在电脑、电视前，因为她的时间安排得满满当当：早上6点起床，帮养母穿衣、洗脸、梳头，然后背着书包走向课堂；中午12点下课后，她又忙着赶回家做午饭，给养母擦洗身子，服药按摩；下午2点又赶回学校上课；下午放学了，她还是不能和同学一起出去玩，而要赶回家给养母做晚饭——只有在晚上养母休息后，她才开始复习功课、写作业。

　　孟佩杰的故事触动了我小小的心，是什么力量让她一直无怨无悔地照顾养母？她何曾像普通孩子一样玩儿过？在我们看来，她的命运非常坎坷，但在她的眼里，照顾养母却是一种快乐。再回头来看看自己，我又何曾为母亲承担过一点点？她从8岁开始撑起这个家，而我却至今还什么都要依赖父母；有了好东西，她第一个想的是养母，而我却要独自霸占；她每天放学都得回家做饭、照顾养母，而我却只知道玩游戏、看电视；她多么渴望有更多的时间来学习，而我们呢？哪怕一点儿的作业，也会满肚子的不开心。她不是什么"神"，她只是一个普普通通的平凡女孩，但她却可以无怨无悔地照顾养母。

　　读完这本书，我真的改变了不少，每次当妈妈买了好吃的，我想到孟佩杰，想到这些"美丽"的人，我先让妈妈吃；早上起来时，我想到孟佩杰，想到这些"美丽"的人，主动把被子叠好，为妈妈做一些家务……

　　我要感谢《文明少年·美丽地球》这本书，是它教会了我快乐的真正含义，是它教会了我什么叫作美丽，是它让我明白了：爱，其实离我们并不遥远，只要你有心，只要你愿意。

陆树铭与《一壶老酒》

文 / 匡金火

"喝一壶老酒啊 / 让我回回头 / 回头啊望见妈妈的泪在流 / 一次次我离家走 / 妈妈她送我出家门口……浓郁的香味儿啊咋也就喝不够 / 每一次你千叮咛啊 / 妈妈你呀拉住儿的手 / 每一回你万嘱咐 / 儿在心中留 / 喝上这壶老酒啊 / 让我回回头 / 回头啊望见妈妈还在招手 / 一年年你都这样过 / 一道道皱纹爬上你的头……喝上这壶老酒啊 / 让我回回头 / 回头啊望见妈妈你还没走……"

你听过《一壶老酒》这首歌吗？这是陆树铭作词作曲并演唱给母亲的歌。

陆树铭是谁？之前我也这么问过。说起在1995年版电视剧《三国演义》中扮演关羽的那位大汉，你可能还有印象，他就是著名演员陆树铭。

陆树铭人高马大，近1.9米身高，大家都叫他"大陆"。他留一脸络腮胡，让人看不出他的年龄。那一次朋友聚会，我一进屋就看这个人怎么这么熟悉。介绍后，我们就说起了《三国演义》中关羽这个角色。坐在一旁的《中国作家》萧立军副主编有点耳背，有人介绍陆树铭时，没有听清楚，此时听我们聊起陆树铭，便直接打断我们的聊天，对大家说："演关羽的演员，他叫大陆，那是我多年的朋友，他演技高超，扮演关羽的演员，目前没有超过他的！"陆树铭说："萧主编你不认识我了？

我就是大陆！"这时，萧立军才认出他，两人用力握手并拥抱。大家哄笑。萧立军对大家说："我认识大陆，是在1995年前后，一晃时间过去快二十年了，大陆发福了，我真是没认出来。"

陆树铭自打与"关老爷"结缘后，处处以关羽的"忠义诚信"来约束自己。做人做事都用高标准"关公精神"严格要求自己。两年前，他拍摄一部自编、自导、自己主演的反映关羽一生传奇的30集电视连续剧《忠义千秋》。他说，完成这部作品，是自己多年的夙愿。现在老百姓的生活的确富裕多了，但普遍缺乏的是诚信，希望《忠义千秋》能为改善社会风气起到一些微薄的作用。

陆树铭走进演艺圈，是被小品演员郭达一眼相中。他是陪别人去考试，被郭达发现，领他进来面试，一下就被考官录取，从此踏进了艺术宫殿的大门。之后，他在电视剧《三国演义》中塑造的关羽形象深入人心。然而，当年在拍摄的过程中，他却吃尽苦头。

《三国演义》中的关羽具有三个特点：第一，武艺高强，勇猛善战，被誉为"熊虎之将"；其二，性格刚毅自矜，以"老大"自居，时有盛气凌人之态，为荆州失守埋下隐患；其三，义气深重，被誉为天下义士。面对腹背受敌，北伐失败，他退守麦城，最终战死。关羽"忠义仁勇"，其中"义"是关羽身上最感人的人格力量。在现代市场经济环境下，关羽所体现的"信义"，是建设和谐社会不可或缺的人文精神。陆树铭时刻记住关羽在中国老百姓心中的形象是"忠义仁勇"，他以身作则，做了很多善事。陆树铭说："随着岁月流逝，年龄一天天大了起来，想的事情便与过去不同，过去读书只是读书，现在却与自身联系在一起，过去读到无欲则刚，没有很重的感觉，现在觉得，真的，当你把名利，地位，金钱等都淡化掉，你会发现，人生真的很美好，你对身边事物的观察视角与判断眼光，也会因此发生很大的变化。"

古人说得好，富贵不能淫，贫贱不能移，威武不能屈。都说胸怀，都说与人为善，好像每个人都想做到如此，但不是每个人都能做到，像唱歌，不是唱完歌词就可以完成，要感受音乐其中的意义，感受音乐的流动。早年他拍《三国演义》时，北京一位老艺术家曾经对他说过，艺术如同生活一样，以自然的形式流淌，如小河上漂着一片树叶，随着水流的急流，漩涡，能自然，顺畅，飘逸。随着时光飞逝，他一点点地加深对这番话的理解。

每一个人都在为了生存而奔波而忙碌，也许这就是生命本身的不易与生活本身的价值。而演员陆树铭，从对生活的观察中，收获到了很多经验。

这位铁血男儿，如今也奔六十了。他说，人生的岁月是从六十才开始的，这时如果身体好，那会做很多事，因为这是人生经验最丰富的时刻，而且，时间归自己支配了。

性情的陆树铭，也有铁骨柔肠时。前不久我们聚会时，他想念妈妈，又唱起了那首《一壶老酒》，他的泪水禁不住流了下来。

聪明过人的阿凡提

——读《阿凡提的故事》有感

文 / 肖楚涵

周末,我读了《阿凡提的故事》这本书,我觉得这本书非常好看,也非常有趣。阿凡提被称为"宇宙级的智慧大师和幽默大师",读完这本书,我觉得他确实如此,非常有智慧,聪明过人。他用他的智慧,常常让巴依老爷吃"哑巴亏"哭笑不得。

书中有一个故事叫《最上面的和最下面的》,这个故事给我留下了深刻的印象。

故事中,阿凡提想租种巴依老爷的地。巴依老爷却提出一个条件,说地里种的庄稼成熟时,巴依收上面的,阿凡提收下面的。阿凡提同意了。地租下来后,阿凡提便在这块地里种了胡萝卜和土豆。等收获季节到了,按当初的契约,巴依老爷只能得胡萝卜和土豆上面的叶子。

第二年,阿凡提又租种巴依老爷的地时,这次巴依提出的条件是不准阿凡提种胡萝卜和土豆,并且这次他还是要最上面的,阿凡提只能收秆子上的。结果这次阿凡提种的是玉米,巴依老爷最后只得到一些玉米叶。

第三年,阿凡提再去租地时,巴依的条件就更加苛刻了。巴依说这次庄稼成熟后,最上面的、最下面的和秆子上的,他全要。阿凡提只能收叶子和其他部分。阿凡提爽快地答应了这个条件。这次阿凡提种的是胡麻。秋天，阿凡提把胡麻籽收下来，把无用的胡麻的根、秆子和最上面的全部给了巴依。巴依一看，气得连话都说不出来。

看到这里，我哈哈大笑，觉得阿凡提实在太有智慧了！他用自己的聪明机智解决了很多难题。我很佩服他，也很欣赏他。

我从书里收获了智慧与快乐，希望大家有机会都来读这本《阿凡提的故事》。

校园文摘系列丛书征稿

阅读可以使学生增长见识，可以提高学生写作水平；阅读可以陶冶学生性情，使学生变得温文尔雅、富有修养；阅读可以给学生带来无限遐想和乐趣，给学生带来智慧源泉和精神力量；阅读可以磨炼学生意志，让学生的心灵逐渐充实、成熟。

为满足广大读者要求，中央编译出版社将继续开展"校园文摘系列丛书"征稿活动，让我们从"学生阅读"读起，从朴实无华、意蕴丰富的文字中感受阅读的魅力。

一 征文对象及内容

征稿对象为全国大中学生。可以个人投稿，也可以学校、班级或文学社团为单位组织供稿。作品的体裁、内容不作任何限制。篇幅限 1300-2500 字之间。优秀来稿将分别入选面向全国发行的"校园文摘系列丛书"。

二 征文要求

1. 文笔流畅，有真情实感，活泼新颖。
2. 投稿作品必须是本人原创，不得抄袭、套改。如涉及法律问题，由作者本人负责。

三 投稿时间

即日起至 2018 年 12 月 30 日止。

四 投稿须知

1. 投稿限发 word 文档电子稿。每人可投 3~5 篇。优秀作品可根据题材分别入选多本图书相关栏目。
2. 来稿在文末附上以下内容：文章标题、作者姓名、邮寄地址、电子信箱、电话、QQ。
3. 来稿在 90 天内未收到采用通知的作者，稿件自行处理，三个月内请勿一稿多投！
4. 所有来稿均视为作者已同意本作品选编入中央编译出版社相关图书。不同意以上约定的作者请勿来稿。

电子邮箱： cctp8299288@163.com
作者交流 QQ 群： 63601654

著名少年作家万亿新作《我在成都等你》即将与读者见面

万亿，一个16岁的少年，已出版6本小说。这位小作者似乎在继承韩寒，郭敬明等青年作家的衣钵，秉承他们对青春、对人生的一贯写作手法，将自己的感受丰富化而已。

"清晨的阳光落在他脸上，光影从额头沿着眉心迤逦向下，经过秀挺的鼻梁，微微弯起弧度的嘴唇，最后汇集到眼睛里，浓密的长睫不停震颤，为眼睑下覆上阴影，却遮不住他瞳孔里潋滟流转的光。"

一眼看去，谁会料见这出自于一位16岁孩子的手笔呢？固然，其文章的手法带有漫画性，但也正是如此，才使本书特征凸显无疑。就像电影《致青春》一般，没有什么惊世骇俗的人生哲理，就是一股清流，一首简单的青春之歌。

暗恋，执着，迷惘。这些词都被作者熟练的揉捏于青春故事中。发酵成一种芬芳！

《作文36技》学生写作必备图书

《作文36技》是一本非常受学生欢迎的图书。该书共分36个专题，每个专题都分为"名家垂范""名师指点""名题演练""名卷展示"四个板块。乍看只是总结了一些写作的技巧，细究却分明提出了一种语文教学的新思路：从阅读走向写作。

这本书的问世，填补了目前中学作文教材的一项空白！相信青少年朋友们能从这本书中获得启示，去抒写自己芬芳而绚烂的人生！教育界多位专家推荐此书！

定价：38元　全国各地新华书店有售

书　名：《超脱考试做领袖》
作　者：陈济安
定　价：30元

　　郭传杰、冯恩洪、毕诚等著名教育家认为：《超脱考试做领袖》一书非常适合大中学生、教师、家长和有志青年阅读参考，称此书是一部不可多得的励志佳作。
　　该书是一部"教人识道用器，学会学习，少有相似，独创一帜"的原创佳作。

《创新中国教育》教你如何考上国际名校

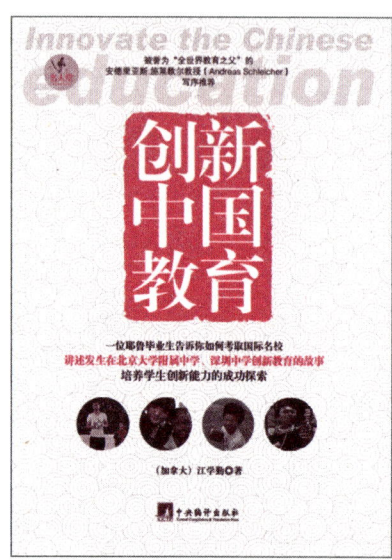

一位耶鲁毕业生教你如何考上国际名校

讲述发生在北京大学附属中学、深圳中学创新教育的故事

培养学生创能力的成功探索

  本书以通俗易懂的语言、严谨的结构，记述了作者在中国教育改革之路的成功和失败，目的在于让中国的家长、老师、学生以及更多关注中国教育的人们明白，在当今的中国为什么改革如此重要，以及它是如何一步一步成为现实的。本书对改变学生学习方法、推进中国教育改革具有非常重要的参考价值。

  被誉为"全世界教育之父"的安德里亚斯·施莱歇尔教授（Andreas Schleicher）如此评价《创新中国教育》：

  "在中国，给予我最深刻印象的是北京大学附属中学的国际部。相信《创新中国教育》这本书的读者，能通过书中的亲身经历，了解到他们是如何进行实践并达到目标的。在探索未知世界的同时，北京大学附属中学也将世界带入了中国，为中国的下一代，将纯粹复制学科内容的教育改革为培养学生实际生活能力的教育；将为国家服务的教育转变成为全球与当地社区服务的公民教育；将为考试而竞争的教育转向加强学生能力培养的教育；将情景价值观的教育——我将做现实环境允许做的事情——更新为可持续价值观的教育。相信这样的教育将能帮助中国的下一代更好地进行协调适应——带着无限的可持续性，将一个失衡的世界归于平衡与和谐。"

定价：39元　　当当网、京东网、卓越及各地新华书店有售